我父親

一個桃園新家族的故事

蔡中涵書

我攙扶父親，日昇日落，在人生路上緩緩走著

白先勇（文學家）
林惺嶽（畫家）
黃春明（文學家）
陳芳明（文學史作家）
許信良（民進黨前主席）
羅智成（詩人）
羅大佑（創作歌手）
張曼娟（作家）
蔡康永（作家・主持人）
郝譽翔（作家）
沈方正（老爺集團執行長）
郭強生（作家）
許悔之（詩人・藝術家）
林書煒（主持人）

沒錯，你看到的都是我新書的推薦人。

當我預計邀約的推薦人一一回覆我沒問題時，我的眼淚幾乎要溢出眼眶！

我父親只是一位很平凡的父親，他甚至不清楚每一位答應為這本書掛名的人物，究竟是何許人吧？！但我相信，他精神很好的時候，一定會拍拍我肩膀，說：「兒子啊，你要替我好好謝謝他們啊！」是的，在他的認知世界裡，肯為他的長子，伸出雙手，拍一下手掌的人，他都是誠心感謝的。

我們父子都是平凡家庭出身的人。我們能走得順順利利，都要感謝天，感謝地，感謝肯伸手扶持的人！

我寫這一系列《我父親》，完全是意外，由於一篇談蔡英文總統去金門出席八二三炮戰的文章，觸及父親與我在金門一段戰地往事，沒想到，臉書反應熱烈，我便多寫了幾篇，愈寫愈收不了手，遂寫成了一個外省大兵娶客家妻子，落腳桃園，生出四個小孩，又添了女婿、媳婦的台灣新家族故事。

在台灣，講族群融合，莫過於在一般家庭裡去看他們的姻親關係。

我父親，隻身從大陸來，遇見我客家母親，生下我們四個兄妹，我娶了宜蘭閩南妻子，生了台北女兒。岳父典型台商，活躍於東南亞與上海。

我眷村出身，知識閱讀上傾向自由主義，個人際遇上受我黨外大舅的影響，走出了傳統外省族群意識形態的羈絆，但仍徘徊於文化中華與政治台灣之間，遂逐漸構成了我自己的政治態度。

我父親不多話，卻以他自身的行動，選擇了在台灣落地生根，不知不覺蔚為移民台灣的第一代。他敬天祭祖，尊重倫理，對我外公外婆禮數周到，我喜歡回顧他與我外公語言不怎麼通順的對話，在翁婿幾人坐在那打四色牌的喧鬧裡。那總讓我不知不覺的了解了我自己血液裡，流淌的淵源。愛與親情，跨越了許多鴻溝。

答應為我新書推薦的幾位長輩，白先勇、黃春明、林惺嶽、陳芳明、許信良都是名重一時的大家，但他們於我，很有特殊意義。

白老師的《台北人》已成台灣文學經典，餵養了我這一輩文學成長的現代主義養分，我因緣際會與他相識，很感動他矢志為父親白崇禧將軍記錄青史的志業。

黃春明老師，一家文學基因，我都有幸認識。黃老師的小說，填補了我在文學啟蒙階段，現代主義之外鄉土文學，寫實主義的認知，他到老都是一副頑童模樣，是我私淑的不老偶像。

林惺嶽大畫家與我們全家熟識，緣分特殊，他是遺腹子，是孤兒，對父親有著一輩子無法忘情的追想，他常常提醒我，父親高壽是我的福分，要珍惜。

陳芳明老師，我大舅許信良的老戰友，是林惺嶽的好友，我很早是透過他以筆名發表的〈相逢有樂町〉，深深陷入他筆下描繪的父子隔閡：戰後台灣知識分子，受困於國族典範轉移下的時代暗啞。

許信良是我大舅，我們家族最富盛名的人物，但他在我們家族聚會裡，不過是咧嘴笑得靦腆的大舅而已。他是支持我父親母親婚姻的第一人，小時候我就常在他的書櫃裡東翻西翻的找書讀。

前輩之外，其他推薦人，皆屬「我輩中人」（借用張曼娟的書名），在我成長過程中，這些「我輩中人」，與我各有交往，各擁一片天，我看著他們創作，成名，持續不斷往前，總感覺我們無非是一個世代的競走，各自登山、攀岩，相互瞭望、祝福，但我必須對他們說：謝謝您們，在不同的路徑上，給了我很大的鼓舞。

羅大佑沒話說了，他的《鹿港小鎮》、《戀曲系列》，是我這輩的神曲經典。他叛逆的早期形象，與近期家的回歸，恰好是「我輩中人」，最貼切的旅程。

羅智成我的死黨，我們見面時的「耳鬢廝磨」，總能招來我們妻子的調侃，但她們無法知道我們的情誼是數十年走出來的情誼。他的詩，亦成台灣文學的一部分。但我最記得的，不是「寶寶系列」的情深款款，而是他悼念父親的詩句，「我們的愛是不容揮霍的家當」，一直縈繞我心。

蔡康永未成大名之前，我常窩在他家看日本偶像劇，邊看邊流淚。他的上海父親雍容大度，氣宇非凡。蔡伯伯驟逝時，康永感傷父子之間似乎有未竟的遺憾。我則安慰他，父親永遠是父親他一定了然於心對兒子的疼愛。

郭強生是我獻身舞台的第一位導演，我連著演出了他兩部劇作，但他最精采的文學，是親人老去後，他留在筆尖的轉折敘說。

張曼娟也是郭強生第一部劇作的女主角，她的文字一如其人，但中年以後，她卻在我輩中年的關卡上，顯現了堅韌的生命力，把親情日常轉成文字，撼動了許多讀者。

郝譽翔的家族書寫，道出了青春女孩於陰鬱的成長巷弄裡，遙望陽光的強韌，父親於她，宛如生命裡陽光初露的照耀吧！

沈方正是我喝威士忌的好友，服務業的靈魂，橄欖球的豪氣，馬拉松的堅忍，他無一不具備。但他每次與我娓娓道來他父親的種種，都讓我相信那是父子在傳承之間，語言所無法道盡的默契。

許悔之從老友到出版我書的老闆，他一貫的細膩，一貫的詩意，一貫的藝術氣質，無話可說了。可是，他在父親過世後，寫的深情詩句，令我動容至今。

最後提到的推薦人林書煒，終結了我漂浪的人生，我父親必然很感謝她吧！請她掛名還有一個我的心願，她不只是好媳婦，她的父親我的岳父，尤其於我如兄如父，他若還在世，看到我這本新書，我都可以想見他會是怎樣的一副愉悅表情：「詩萍啊！我要帶一些回上海！」那也是我跟他翁婿之間，這輩子的緣分了。

《我父親》終於出版了。

感謝這些推薦人，他們與父親的感情，都是不容揮霍的家當，但我要謝謝他們，在我與我父親的「不容揮霍的家當」上，他們揮霍了對我無盡的支持，我謝謝他們。

我父親很老了，我也有點年紀了。但我何其幸運，還能攙扶他，在人生路上，緩緩走著。日昇，日落，我們是父子！

目次

0

《我父親》的緣起——從蔡英文總統去金門，想起我的八二三小故事

我曾在廣播節目裡，談到蔡英文總統去金門參加八二三炮戰六十二周年紀念，有感而發，不但希望蔡總統從今而後要有始有終，對八二三炮戰，國軍付出的代價，須由衷的感念在心。同時，我又提到八二三炮戰，跟我也不是沒有關聯的一段歷史。

結果呢，竟然滿多人感興趣的，於是，我不妨再說清楚一點吧。

人的命運，往往是大歷史，與個人小歷史的交錯。由不得你，要看點運氣，但夾縫中，有時卻又要看你是怎麼在關鍵時做選擇的。

一九五八年八二三炮戰，我在金門。

很可怕吧！

一甲子前的往事，炮聲隆隆，危在旦夕，而我，竟然在那！

不用擔心，我雖老，但還沒～那麼老。

當時我五個多月大，完全是個嬰兒。

我為何在那？

我可不是金門人哦。我是道地、正港的台灣桃園人。

我之所以在金門，是因為我老爸，大陸來台的軍人，當時三十一歲。

他跟著部隊來台，輾轉落腳新庄子（現在的新竹縣新豐附近），認識了我的客家母親，當時十八歲。兩人一見鍾情，我老媽忘了家族討厭外省人的禁忌，我老爸不甩老蔣「一年準備，兩年反攻，三年掃蕩，五年成功」的訓示，兩人決定共結連理。於是，有了我。

我老媽很堅毅不拔，部隊到哪她就執意跟到哪。我老爸也厲害，為愛鐵了心，一介士兵，硬是有辦法把我媽「部隊到哪就帶到哪」。

想想，是不是酷斃了？

那年代，還威權，還戒嚴呢！

於是，民國四十七年（一九五八年）我竟然出生不久，便到了金門，比蔡英文總統到金門足足早了六十年。（可怕吧！）

人生誰也沒想到，我在五個月大時，竟在八月二十三日傍晚，在一輪共軍的炮火下，親歷了八二三炮戰。我也竟然毫髮無傷！

但那場炮戰，金門足足死了五百多位國軍，金防部三位副司令官全都殉職。其中一位是對我父親極為照顧的長官。我父親後來多年回顧往昔，提到他，常常不禁黯然。那是大時代裡，生死交關的一份長官與部屬的情誼，飄洋過海，生死與共。

我母親當時，借住於「歐厝」，金門鄉親一定都知道這地方。

她後來常告訴我，她當時年輕，本來不知道生離死別的。但那場炮戰，她噩夢般經歷了，剛剛那鄰居才跟妳聊天，躲完炮戰回家，竟然聽說他被炸死了！更讓她腿軟的是，她從防空洞出來，在巷口看到一灘血水，被炸掉半截的屍軀，鄰居告訴她，那是誰誰誰。

她嚇得整個人說不出話來！

戰爭的恐怖，生命的脆弱，唯有經歷戰火的人最了解。

多年後，我帶老邁的父親母親去金門。

那時我父親八十多歲了，在八二三炮戰紀念墓園裡，便曾撐著佝僂的身軀，在一座一座墓碑之間，慢慢梭巡，他說想找找看，有沒有當年的同袍。

我記得那個黃昏，我們幾個兒子，不敢吵他，靜靜陪在一旁，慢慢踱步。

黃昏，夕陽，老人，墓塚。我們看得到的景致。但，往事，煙塵，心事如血，卻是多年後的我們，完全難以捉摸的。我們面前是我們的老邁的父親，如果當年他「怎樣」的話，也就沒有我們如今的「現在」了。

往事如煙嗎？並不，血淋淋啊~殘酷啊！

我老爸老媽的青春記憶，無非是炮火下的洗禮。

多年後，我看到蔡英文，終於在她當選總統後的第四年，二〇一九年去了金門的八二三炮戰六十一周年紀念。

雖然，很多人質疑，她是為了連任選舉。

但有什麼關係？

政治人物什麼動作不是為了選舉？

若為了選舉，而能調整自己的立場與態度，那不也是民主選舉的價值嗎？

重要的是政治人物能否為了選舉，而長期的、根本的、結構性的調整自己的態度與立場。這才是關鍵，不是嗎？

中華民國是一定要與台灣發生化學變化的。

中華民國來到台灣，是歷史的巧合。但中華民國在台灣落地生根，竟然開出民主的果實，說真的，誰也預料不到。畢竟，中華民國就在台灣，開出民主選舉，民選總統，政黨政治的累累果實了！

這是大陸人士來台始料未及的果實，也是台籍精英渴望但付出慘重代價的果實。無論是本省，外省，都該珍惜；無論是藍，是綠，是中間選民，都該珍惜。

台灣走到現今，要與中共領導的中國爭勝，除了民主，我看不出來還能有其他什麼！

民主體制與生活方式，就是兩岸的差異。也是台灣人必須全力以赴的捍衛。

當年我父親在八二三炮戰，抱著我，躲炮擊。「轟」一聲，摔倒在水溝裡，從此眉頭上留下一道疤痕。我後來在文章中，描述那是我們父子關係最動人的一章，他緊緊守護著他的長子，不讓他受到傷害。如今他老了，我客家籍母親也老了。

台灣的族群矛盾，國家認同分歧，是我們移民社會必然要付出的代價，但想想八二三炮戰，那些在共軍炮火下奮戰不懈的軍人平民，他們所為何來？

如果不是對自由民主生活體制的堅持，不是對共產黨的恐懼，他們何必呢？

我說的，不只是我父親母親的八二三故事，也是那個大時代，我們所有在台灣的人民，為何而戰，為何而犧牲的關鍵理由。

如果我們今天仍搞不清楚，為何而奮戰，為何而不怯戰，那我們也太對不起八二三炮戰的勇士們了。

除了民主自由，除了民主自由。

1

我們一家人，是我父親人生的紀念勛章！

談金門八二三炮戰時，我用了一張父親身著軍裝的年輕照片。

他從來都不是什麼高階軍官，始終是個大兵。但很多臉書朋友上來按他的讚，他應該很高興吧！

我不妨再多說一些關於他，關於他與我母親的戀愛故事。這是一捲大時代的浪潮，促成一對平凡男女的戀情，然後，才有一家六口的組成。然後，再有媳婦女婿，孫子孫女們的陸續加入。還稱不上是一個大家族，然而，卻是一組台灣移民史的小注腳、大連結。

從照片上看，我父親極為年輕，可以說得上英挺。（我必須這麼講，因為大家都說我像他！）照片上方，有我父親手寫的日期。但翻拍時，被切割到了。若依照字型推測，以及還原時間來看，應該是民國四十六年一月四日。

我還沒出生。

我猜，差不多他要遇見我母親了，因為我是四十七年三月出生的。

我年輕時，常聽我父親的袍澤老友們調侃他，遇見我母親時，兩人一見鍾情，奮不顧身，打得火熱。

我母親很年輕就出來工作。

在文具店當店員，父親「裝文青」，常藉口幫部隊買文具，做海報，去店裡搭訕我母親。

一介大兵，也沒錢，也沒像樣的衣服，除了軍服。

一位伯伯常這樣描述：

你老爸啊，常常在前一晚，把軍服壓在床墊下，代替熨斗，把衣服壓一整晚。隔天，穿著整齊的軍服，抽空去營區外「把妹」，就是「把我媽」啦！

說也奇怪，那伯伯說，這麼多軍人（包括軍官）去你媽媽那店裡晃，你媽媽就是看上你爸爸！一個窮大兵，什麼都沒有。

以前逢年過節，那些叔叔伯伯來家裡吃飯，酒酣耳熱，聊到這些往事，我爸當時精神好，還愛插上一句「因為我帥啊～」只見我老媽笑咪咪的，要那些袍澤們多吃菜多喝酒。

我年紀還小時，也只是當成好玩的事聽聽，哪個人的爸媽不曾有一段戀情，不然怎麼會有一個家庭的出現呢？

但年歲愈大，父母親也愈來愈老了。才發現，跟我們講這些往事的叔叔伯伯們，竟然逐漸凋零了。

如果用開同學會當例子，就很像你活得愈久，每年都去參加同學會的話，你會發現一張記憶中的小學同學班次座位表，漸漸的空了很多位子。以前同學會，大嗓門的班長，沒來了。以前，帶你去釣魚，偷挖番薯的小趙，沒來了。以前，你上學時，總要故意繞到她家門口看看有沒有機會一塊並肩而行的小如，沒來了……。

就這樣，終於有一天，你攙扶著父親，在參加完幾乎是他最後一位袍澤的葬禮後，你突然發現，沒人可以在你面前，再重複那些你父親如何遇上你母親的細碎往事了。

啊！你突然，你突然也就感傷起你父親的寂寞了。

他連最後一位調侃他當年如何溜出營門，去找我母親搭訕的好友也凋零了。

他很多袍澤多半未婚，所以把我們家當過年過節的聚會所。很多父親母親的交往故事，我是在他們的調笑言談中，聽下，而後記下的。

他的一些袍澤，最後是步隨我父親毅然決然娶了台灣姑娘，而後也在這塊土地上落地生根的。

我在成長過程中，陸續認識了這些「芋頭番薯」結合下的第二代。有時，大家聚會，老的，少的，分兩桌，三桌，各自聊著。我相對尷尬。因為父親結婚更早，我出生也早，往往比他的袍澤小孩要大上十幾歲。

父親因為決心結婚，娶客家妹，因而也喪失了被他長官要送去官校進修的機會。

八二三炮戰為何對他這麼記憶深切？

因為，我在那，我母親在那。

因為，他抱著我，躲炮彈，摔進壕溝裡，留下眉宇間一道疤痕。

因為，他的長官，在那次炮擊，殉職了，他知道一直照顧他的長輩永遠不在了。

因為，炮戰稍稍停歇後，他毅然決然，申請轉到後勤單位，決心以家為重了。

多年後，他的袍澤在我們家喝多了，官拜中校上校的，仍單身未婚的，常常會在酒入愁腸，化作思鄉淚的同時，拍拍我肩膀，摸摸我弟弟的頭，感嘆地說：「還是你好啊～老蔡，你看你們一家人，多好啊～多好啊～」

我老爸帶著酒意，傻乎乎地笑著。

那是一種生命難以言喻的複雜感受。

他始終是一個大兵。

但，有了自己的家，在台灣。

有了四個幾乎吃垮他的小孩。

有了與他同甘共苦的客家老婆。

而後，他又有了兩個媳婦，一個女婿，三個孫子孫女。

在他的袍澤兄弟陸續離開這個，走過他們流離的青春，顛沛的生命付出的土地後，他繼續以老邁而堅毅的意志力，挺進他的人生。

我們這一家，是他人生的紀念勛章！

他值得的。

2

父親走過很多路，
這個老年老化的關卡走得最辛苦！

我父親九十五歲了。

精神不好，坐著坐著，便打起盹來。

有時，我看著他，心想他現在還能想些什麼呢？人老到一定年歲後，是不是連「想事情」都是很費勁的事呢？

那天，母親在群組上（厲害吧，小學畢業，八十三歲的老太太，都在群組上跟我們小孩交辦事情！）說父親突然在念，說他生日要到啦，怎麼沒人請他吃飯？

我們兄弟們可愣了。

不是兩周前，才趁父親節，全家人吃了飯，還包了紅包嗎？

但，母親說，你們老爸說「現在」才是他生日。

當然，母命難違，何況後面還有老爸的意思，我們趕緊互相聯絡，勉強湊足八個人。

兩個媳婦，本來就有事，來不了。女婿也丟不下手邊工作。還好三個兒子一個女兒兩個孫女，加上父親母親，訂了餐廳一間小包廂。我還提早到，在餐廳附近找了蛋糕店，讓女兒替爺爺挑蛋糕，女兒很堅定地說我們一定吃不完，最後她挑了最小的蛋糕。

父親身體還算可以，但體力是差很多了。再加上近些年，精神方面退化很快，老年的他過得相當辛苦。當然，更辛苦的，是我母親。

我們家，一向沒有過生日的傳統。

有，也是後來，我們幾個小孩都長大了，離家，然後有了自己的家。為小孩過生日，不免也為夫妻彼此過生日。

想到替爸媽過生日，也是基於想要家族多聚會的理由。

於是，才有了母親生日，聚聚。父親生日，聚聚。

沒有過生日的傳統，應該跟父親母親原本就沒有這樣的成長背景有關吧！

母親來自客家大家族。她那一代，十個姊弟妹，外公務農辛苦，外婆勤儉持家，過生日，除了碰上長輩大壽，晚輩們怎麼輪也輪不到吧！

至於父親，一介隨部隊飄零至台灣的大兵，生日只會讓他想起浮萍般的際遇，何來過生日的喜悅？

我們家沒有生日傳統，可以理解。

大概是沒有過生日的傳統，所以我想起來，我至少到高中時期，對麵包的印象，遠遠好過於蛋糕。

為何呢？

因為麵包口感紮實，吃下去有飽足感，不像蛋糕鬆垮垮、軟綿綿。這印象應該也是我蛋糕吃的次數太少，而麵包則像饅頭有快速充飢的效果。

但，隨著我們長大，隨著媳婦們的加入，她們的蛋糕品味，遠遠超過我們家的兒子們。

於是，生日聚會上，母親節聚會上，父親節聚會上，蛋糕的花樣也漸漸花俏起來。等到我女兒開始有主見了，選蛋糕也成了孫兒輩的參與，多了很多「潮」的味道。

其實，我父親是吃不了太多蛋糕的。

他應該是喜歡大夥兒湊到一塊，圍著他，唱生日快樂歌，祝他生日快樂，把紅包一個一個塞進他手中的，老來幸福的感覺吧！

他年輕時，肯定是沒有什麼過生日的儀式的。

他曾經說過，部隊來台後，成天演習，徒步行軍，一天累下來，倒在路邊，就睡著了。幾個聊得來的袍澤，假日裡穿著軍裝，為了省車錢，大早就出營門，走很長很遠的路，去趕早場免費的勞軍電影。電影看完，在附近的街頭亂逛。肚子餓了，買幾個山東饅頭，或山東大餅，在公園裡啃完，填飽肚子。然後，又差不多要慢慢走回營區了。

那樣的日子，哪來興致提到生日呢？

再說，提到生日，也只會想到，回不去的家，見不到的娘。既然如此，不如不去想它吧！

但飄零的個人組成的群體，大夥兒處境相近、相濡以沫，也會有奇遇。他跟我提過，有一回，他在夜裡正準備睡覺時，他的同鄉，比他大幾歲的同鄉，突然悄悄靠過來，塞給他一包報紙包著的熱騰騰的東西。他好奇打開，是幾個紅色的饅頭。他更好奇了。

他的鄉親說，這是伙房老鄉托他送來的，說生日不吃個壽桃怎麼行？
我父親說，那是他來台灣的前幾年，第一次有同鄉記得他的生日。
我想，他們一定沒有唱生日快樂歌吧！
那時，應該也不流行這一套。
生日那天，我們替他唱了生日快樂歌，拍了照。
我陪他去上廁所時，發生了一段小插曲。

我在廁所外，等他。
等著，等著。
怎麼老半天呢？
我推門進去，發現他在拉上大號的小門。
原來，他尿完尿，一轉身，便搞不清楚往外走的門在哪裡了。
我默默進去，攙扶他，走出來。
母親問我，怎麼回事？

我說，沒事，沒事。

父親真的老邁了。

在人生的路上，他走過很多的關卡，很長的路，唯獨這個老年老化的關卡，他走得最辛苦！

3

父親走過很多路，
但遇見我母親的那條路上，他走得最穩健

看來，滿多臉書朋友，對我那九十五高齡的老爸，很有好感。真好。

其實，我滿怕自己變成他的，從過去以來，甚至現在。因為父子之間，你也知道，總是代溝，一段又一段的。差別只在於，隨著自己年紀大了，比較能體會他的心情。也由於我自己有妻女了，尤其有女兒後，更能體會做一個父親的種種眉角。不容易啊！

不容易啊～尤其，在他那個年代。

父親是他那個時代，隨著國民政府大撤退，到台灣來的軍人裡，很早便決心娶一個台灣姑娘，管它什麼「一年準備，兩年反攻，三年掃蕩，五年成功」的蔣公喊話！

這決心使他斷送了從小兵進階軍官的路，一輩子就是個兵。但他的不少軍中袍澤，後來有尉官，有校官，然而不

少至終仍是孤家寡人。他們先是相信，要反攻大陸，後來，反攻不成，自己也年華老去。也有幾位退伍後，透過做媒，娶了年輕的原住民妻子，娶了攜兒帶女的寡婦。

總之，在落腳台灣、娶妻生子的跑道上，我父親毅然決然，在他的袍澤兄弟裡，跑了個第一。

人生有得有失。多年後，我是以他的長子身分，陪他參加了不少次葬禮。他不是一個人孤零零地在台灣了。

父親是一個人，隨著部隊輾轉到台灣的。

人生總是在一個接一個的浪頭上，做出判斷，跟著選擇。誰也不是神，誰也不知道，怎麼選擇必然是對，或錯。多多少少，是帶點下注前的猶豫、反覆，然後給它賭下去吧的勇敢。

父親曾說，他的部隊在上海逗留了好一陣子。

過年時分，雖然共軍的威脅已經逼到上海市郊了，但一般人家年還是要過的。炮竹聲在除夕夜裡劈哩啪啦響個不停，他跟幾個老鄉整夜裡哭個不停。

時局紛擾，軍心渙散。

有一天，幾個同鄉決定冒險試試逃兵回故鄉。他們請了假，沿長江搭船往中游走。老爸是湖北人，沿江是可以抵達的，至於怎麼再轉回偏僻的老家，他說，哪管這麼多，走了再說。

走了再說。

他們一行人還沒走兩天呢，從中上游逃難下來的人潮把他們嚇壞了。最讓父親打消念頭的是，有人看著他們幾個，說你們不要再往下走了，共產黨已經打到湖北過江了，你們回不去，還會被抓兵啊！

老爸回憶著，他幾個同鄉又哭著往回走。在上海兵荒馬亂間，找到部隊。沒多久，就搭船來到台灣了。

他第一個印象是，濕溽，空氣一陣滯悶。

幾個月後，濕濕答答的冬天來了。

父親來台後，一直在北部移防。

最常駐防的區域，就在林口、桃園、楊梅、竹北、新豐、新埔等地。也算他命中注定，要跟客家女人結緣吧！

多年後，我帶他去新埔一帶逛逛。那時他精神好，還在新埔義民廟前，左看看，右看看。

他回憶著，以前部隊借住過這裡。

他說位階低，睡在廟門口旁，兼守衛看哨。

他竟然非常詩意地對我說，那時滿天都是星星。睡不著，就望著天上。

我問吃飯呢？

他說就在廟前的廣場上，一個班圍一圈，蹲在地上吃。速度快，可以搶著吃兩碗；速度慢，經常一碗就是最後一碗了。

飯裡面，都是小沙粒。米沒洗乾淨，也有露天吃飯、風吹沙的加菜效果。

父親長期有胃疾。

父親一直很節儉。

應該也是從來沒有豐衣足食過的珍惜吧！

但他追我母親時，聽說是不太小氣的。因為，他常常跟他的袍澤兄弟借錢。

都在幹嘛呢？

那時候，在新庄子那樣的小地方。母親羞答答地說，還能幹嘛，那個小地方，一出門，就碰見部隊裡的熟人。

能幹嘛呢？

沒錢，沒車，小地方。

多年後，我拼湊著，那個年代，一個外省大兵，去找剛從文具行下班的客家女郎。兩人拘謹地走上小城的街道。

我爸問，去哪呢？

我媽說，都好。

於是，他們走著，走著。

走出一個夜晚，接著一個夜晚。

他們顯然在戀愛了。

於是，去哪都好。

反正，是要一起過日子的，不是嗎？

很多年後，我在拼出的圖像裡愈來愈了解他，我九十五歲的父親。

當年，口袋裡帶著一點點他兄弟們借他的錢，出來把客家妹了。還好，他把的那位客家妹，一直都很節儉，一直都很吃苦耐勞！

4

說起來，我父親與母親的相遇，是很多很多必然的碰撞啊

父親那一代，人生的選擇，往往不是很自主的。
抗戰軍興，在兵燹下，個人生命往往極其卑微。

他年紀小，抗戰是沒參與到。
國共內戰，他沾上邊。
部隊裡，多的是被抓來當兵的。
他家窮，也沒太多選擇，當兵是一條往外鄉走的「出路」。

出來再說，不行，再逃兵吧！

誰也不知道，上海來台灣前，試著做一次逃兵，卻被更龐大的逃難潮給嚇回來。從此，一路到退伍。
來到台灣，他相對不小，二十出頭了。
台灣是一個他完全陌生的亞熱帶島嶼。

部隊初來乍到，袍澤們都是睜大眼睛，望著這島嶼迎接他們的一切眼光。

父親並不知道台灣太多的歷史，然而，部隊裡的流言蜚語，與外界接觸時語言的不通，接過他出外採買的鈔票還不時露出狐疑的眼光，可能都讓他多少有些不安吧！

父親曾經回憶過，部隊裡有逃兵，被抓回來不久就槍斃了。也有的逃出去，彷彿消逝於人海，再無音訊。

最恐怖的，是抓匪諜。

部隊裡，是有長官莫名其妙消失了。傳聞很多，槍斃了。送去火燒島了。最神奇的，聽說是找到船，逃走了。

父親知道他搭了幾天的船，在海上晃蕩，才到了台灣。這是座島嶼，四周大海，他不可能再逃走了。

他只能安安靜靜在這裡。

從一九四九到我出生的一九五八年，父親在這座島嶼的北方，度過了他的二十幾歲人生。

那是單調，重複，思鄉，無望的日子。

一年準備？過去了。

二年反攻？過去了。

三年掃蕩？過去了。

五年成功？我父親不等了。

整天訓練，出操，行軍，演習，他們幾個年輕人，已經感覺日復一日的焦慮了。

我父親，遇見了我母親。

我父親三十歲了，他感覺自己不再年輕。我母親才十八歲，一朵花的年紀，但已經出社會工作了一陣子。

他們是在我父親部隊駐防的地點相遇的。

我母親不能說很漂亮（她自己也常這麼說），但在當地，可還是一朵花。追她的官兵不少。

母親家族是清朝遷台的客家族群。我在多年後，於許家祠堂，看見整面牆上掛著許家列祖列宗，以及他們渡海的遷台史。

先是到了淡水。在現在的三芝一帶，開墾。後來或許是生計艱困，於是往南走。穿過淡水河，進入過去的台北縣，現在的新北市。不成，競爭激烈，再沿著西部海岸線，往南。進入過去的桃園縣，如今的桃園直轄市。

最後，選擇了新屋鄉（新屋區）。

新屋，新屋，當然是指客家人的新屋。（閩南人會稱新厝。）

我母親，很小被送出去當養女。

理由再簡單不過了，家裡食指浩繁，外公外婆養不起。

現在少子化，很難理解，但時間拉回七八十年前，一點都不難理解。

多子多孫是福氣。為何？

傳統農家，人口就是生產力，愈多愈好。醫藥衛生條件差，生了不一定養得活。養得活，不一定養得大。生愈多，保障愈多。

我母親，有十個姊弟。三男七女。母親排行老二，前面是大姊，她是二姊。

她運氣不好。

務農家族，男丁是財富。先生了一個女娃，算了。再生，又是一個女娃！

我外婆壓力大了。阿祖（外婆的婆婆）給她很大壓力，怎麼肚子不爭氣啊，家族養不起沒有生產力的女娃啊！

我外婆含淚，被逼著把我母親送出去。

我母親是在養父母家，度過十幾歲的生涯。

母親常說，其實養父母對她還不錯，也供她讀書。但畢竟不是親生的，她還有其他的兄妹。於是，灑掃應對多半輪到她身上，養女像多出來的童工。

我母親念完小學後，決心要離開。

我外婆一直很思念我母親，常常跟我外公吵。

終於，小學畢業後，我母親被接回外公外婆家了。

但，窮仍是最大的困擾。愛不能解決飢餓貧窮問題。

我母親於是出來找工作謀生獨立了。

她從此是一個非常獨立，開朗，而陽光的女人。

她並不是沒人追的。

我父親的袍澤說，當時不只我父親在追我母親，還有好幾位軍官呢！

我母親後來也曾害羞地說，如果不是嫁給你爸爸，也有可能是被做媒給做到一個家裡很有錢的家族去了。

當然，倘若如此，就不會有我父親的出現，不會有我，不會有我後來的妻子，不會有我後來的女兒。

「那就沒有妳嘍，我的小寶貝啊！」

我曾對我幼兒園時期的女兒這樣講，她瞪大眼睛，很驚訝。

我抱抱她，跟她說，所以啊，看到爺爺，看到奶奶，要抱抱他們啊！沒有他們，就沒有我們啦！

5

父親不知道一旦娶了我母親，他的名字就寫進一個客家大家族的歷史裡了！

「人生際遇的碰撞，是完全無法預料的。」

我在市場買菜時，突然想到這句子。

我買了雞肉，可以清炒蒜苗。買了牛肉絲、豬肉絲，用來搭配。可以配豆干，配洋蔥，配青椒紅椒。下飯。買了蛤蜊。買了鮭魚，鱈魚，剝皮魚。剛好我們一家三口每個人的不同最愛。

我站在青菜攤前，想到人生的際遇，完全無法預料。

小時候，我父親母親買菜，我很愛吵著跟。

那年代，傳統市場是非常生機勃勃的。活著的雞鴨，還會張闔的蛤蜊，魚鰓一鼓一閉的黑喉、紅線鰱。

賣豬肉攤老闆大動作的劈開豬腳。整個肉攤，像山崩地裂。

乾貨的老闆娘，玉手纖纖，幫我爸裝紅糟，我們今晚應該有紅糟肉可吃，這是月初發薪水後的福利，一個月最好的時光。

母親會在算好價錢後，跟老闆多要幾根蔥，幾根辣椒，最好加一塊薑。

父親笑著，好像不好意思。但他也明白，這是老顧客的小福利，不拿白不拿。但，他總是不好意思。

小時候，我也會白眼瞪我母親，幹嘛呢，占小便宜！但我現在去市場，買多了青菜，也會對老闆示意，來把蔥薑蒜吧！

父親是湖北人，母親是廣東客家人，家族來台十六七代了。父親反而是新移民，雖然身不由己，但也是被共產黨一路掃到台灣的。

他剛開始跟我母親約會時，除了年輕男女異性本能的相吸引外，外省客家的火花，一點點摩擦衝突都沒有嗎？

我不信。

愛情很偉大，但生活很折騰。

小時候，父親就是下廚的人。

買菜，夫妻一塊，小孩也會跟。

我大弟弟，約莫兩歲前後，就是在我們兄弟跟出去買菜的市場裡，跟不見了！

我記憶猶深，父親母親急得跟熱鍋上的螞蟻一樣，拉著也才四歲左右的我，在市場裡到處找，還報了警。

終於在一家攤子旁，看到他坐著，手裡拿著類似豬血糕之類的食物，瞪著大眼睛，好奇地看著我們向他飛奔而去。店家很好心，知道他走失了，爸媽一定會來找，就拿了零嘴，搬了板凳，讓他坐在攤子旁，等我們。

那時，我們一家四口，在宜蘭縣羅東，跟著父親的工作調動。

買菜既然是夫妻一道，我們家的食物，也必然反映出兩種口味的碰撞。

父親愛紅燒菜餚。

母親愛白斬雞三層肉，沾金橘醬，沾醬油。

但母親手藝精巧，學習力超強。父親那套外省做菜手法，她很快便學下來。多年後，父親年紀大，或者懶了，或者手藝沒有精進，我們孩子的飲食記憶，反倒是傾斜於母親。她拿手的麵食、滷味、糕點，都在我們成長中，強壯了我們的體型，補強了我們的營養。

但父親與母親相遇時，兩人一定不會想那麼多的。如果會，恐怕也就不會在一起了，不是嗎？

我父親只是個大兵。遇到我母親時，都三十歲了，除了是一個壯漢外，身無分文，人無恆產。

我母親雖然也沒什麼優勢，學歷不高，家裡務農，外公外婆辛苦養家，但她畢竟是個十八姑娘一朵花的青春，要做媒，挑一個不錯的閩南家庭、客家家庭嫁了，也是不壞的選擇，幹嘛要挑一個無親無靠的外省大兵呢？

從理性的盤算看，我父親是「賺到的」。

難怪我外公外婆都投了反對票。

但我母親毅然決然，不顧娘家反目的威脅，嫁了！

其實，說「嫁了」，亦真真是悲壯不已。沒有新娘妝，沒有媒人做媒，沒有迎娶儀式，沒有席開多少桌的熱鬧喧囂。他們還真是做到「婚姻不就是兩個人的事嗎？」這般簡潔有力。

他們先上車後補票。

父親的同袍，幾個人湊些錢，弄了兩桌喜酒。嘻嘻哈哈，鬧了一晚。

我母親很開心，肚子裡已經有我了。補辦登記，補辦喜酒，不過是讓她在沒有娘家的祝福下，心底還有那麼一抹溫溫暖暖的補償而已。

她當然還不知道，她日後洗手做羹湯，會一手麵食滷味的手藝。我父親也還不知道，他就這樣成了客家女婿，不久之後母親的娘家將會因為他的長子出生，竟然是他客家岳丈最早的一個外孫，而笑得合不攏嘴，也因而接納了他。

他將會在很長的一段人生裡，逢年過節，像個尋常女婿一樣，牽著兒子們，提著喜年來蛋捲，一籃當令水果，包了幾個紅包，跟著客家妻子大早從眷村出門，換搭兩趟車，再走上一大段小路，最後穿過田埂，越過一座座埤塘，然後聽到狗吠，鵝叫，豬啼，看見他的客家丈母娘笑盈盈地從四合院裡走出來。

陽光很亮，農家的炊煙裊裊。

他很久沒有感受一個大家族的喧鬧了。

但他娶了我母親，從此在這個亞熱帶島嶼上，他被寫進許姓客家家族的名單內，他將要習慣並喜歡上，很多很多客家的菜餚。

人生的際遇裡許多碰撞，都是無法預料的。

我在菜市場裡，想著我父親我母親。

我在一攤賣糕點的店面前，停下。

老闆娘對我笑笑，一樣嗎？

嗯。我點點頭，一樣，來一塊仙草，再加上一個蘿蔔絲粿。

小時候逛市場，母親最愛給我的零食。

我完全無法預料，多年後，我始終愛吃。而我的女兒，也愛我為她準備的冰冰涼涼的仙草，在她放學回家的黃昏時候。

6

我不可能完全理解父親的來時路，但我們的確滿像的，不只外貌，甚至性格

父親三十歲，娶了十八歲的母親。

兩人都是賭自己的命運。

父親如果相信反攻大陸必成，就沒有我母親，沒有我。

母親如果聽進去，嫁給窮外省兵，沒搞頭。也就沒有我父親，沒有我。

我也無從判斷，到底是因為父親而有我，還是因為母親而有我呢？

很多年後，我讀了台灣現代史的不少資料，包括兩位蔣總統的，才知道其實他們兩位也早就知道「回不去了」。但他們不能講。他們只能一再訴求，反攻大陸，必然成功。

我父親那一輩，外省來的兵也好，官也好，一旦真把這

兩位蔣總統的話當真的聽，他們多半不會結婚，或至少很晚才結婚。

我父親很反骨，他聽不進去。也可能他太喜歡我母親了，所以把原先聽進去的話，又統統倒了出來！

他去跟他長官說，要結婚了。

長官說，要反攻大陸啊～

他說，沒衝突啊！

長官說，要送你去官校進修啊～

他說算了，就當個兵吧，妻子懷孕了。

長官攔不住。

父親從此斷了升官的念頭，安分當一個後勤機構的軍職上班族。領固定薪水，每月領配給。

母親說，日子再苦也是可以撐下去的。

我十幾歲，二十幾歲，甚至到我過了適婚年齡之後，她為了鼓勵我結婚，還常常這樣說：

「那時候啊，日子再苦，我都跟你爸講，可以撐下去的。」

從我有記憶以後，父親似乎就始終為錢在蹙眉頭，傷腦筋。

他沒有娛樂，除了抽菸。

他不打麻將，造成我至今也不會打麻將。

他穿著樸素。我出來工作後，幫他買西裝，他常常一套穿了十幾年。

他在吃的方面不講究，但做得一手好滷味，好麵食，幾樣拿手的湖北菜：珍珠丸子、牛肉丸子火鍋。

但再怎麼省，一個孩子接一個孩子出生，薪水總是不夠用的。

打從我有記憶以來，母親是一直幫忙補貼家用的。

小時候，是把加工品帶回家，一邊照顧我跟弟弟，一邊縫手套，車桌巾花邊，或組裝聖誕節燈泡。

我跟大弟弟上小學後，母親去了工廠上班。三班制，白天班、下午班、大夜班。

我很小就會照顧弟弟上下學，晚上洗澡睡覺，也是配合母親出外工作，不得不然的哥哥角色。

父親不是沒有愧疚感的。

但怎麼辦呢？

一個大兵，安分上班，毫無發財的機會。

印象中，父親也是會買愛國獎券的。

他帶著我，在回家的路上，順道在愛國獎券行買一張，他有時讓我挑。但父子有夢雖美，卻從來沒中過！影響所及，我長大之後，對買彩券，對中獎這種事，幾乎是不抱期待的，也懶得去湊熱鬧。

多年後，我看到電視上那個彩券廣告〈爸爸買給你〉，我竟然眼眶會有點濕濕的。我想，每個無法在現實世界裡，滿足孩子一些物質期望的父親，都有過「我若中獎就要買給孩子」的願望吧！

但我從來沒看我父親中獎過。

我父親每天一大早出門，搭火車上班。公事包裡，一個便當，我母親在前一晚的晚餐中預留的菜餚。

出門前，他會沖一杯「紅牛奶粉」。有時，加進一顆雞蛋。用熱水，先倒一些進杯裡，拿筷子攪拌，再把蛋打進去，再倒更多的熱水進去攪拌，直到大約五百 cc 的杯子裝滿。

他會站著，分幾次，把牛奶喝完。

間隔停頓的時候，他則站著，望著窗外，不是很遠的遠方。

那是他白天裡，除了便當外，唯一的伙食了。

然後，他把杯子洗乾淨。

穿鞋，把公事包帶好，走出門去。

日復一日。

每天幾乎同樣的規律，同樣的路線。

他不太發脾氣，但話也不多。

家裡有一座祭祀祖先的牌位與供桌。他常常站在前面，望著牌位發呆。他若看到我望著他在牌位前時，他會叫我過去，上一炷香，跟我說一些關於湖北老家的事。我記得他反覆說過的一些，但也應該忘了不少他只提過一次的事。

他的內心一定有很多的糾結起伏與跌宕，但就像父子間永遠的代溝一樣，我不可能完全理解他走過的年少青春路。

我只知道，我們滿像的，不只外貌舉止，甚至隱藏於性格脾氣裡的DNA線索，都很像。

7

飄零到哪，在哪生根。
來，讓我告訴你關於那祖先牌位的祕密

父親這一生，最安定的歲月，是在台灣。占了他至今近五分之四的生命。

他從來沒想到。

他很小就離開家。跟著他父親，我從未見過的爺爺，去城裡討生活。爺爺另娶，所以他跟二媽度過一段光陰，並不快樂。雖然沒有所謂的後母虐待，但關係也不好。因為他有一個同父異母的弟弟。

父親念完初中就工作了。抗戰中，螻蟻懸浮，談不上什麼生涯規劃，保命求生而已。

他一直很想念母親，我也從未謀面的奶奶。

聽起來，我父親的童年、青少年，是很孤獨的。

時代動盪，家境不好，親情奢望，他卻一直在飄盪。

他只是一個很平凡的男子。渴望一個普通的幸福生活，

然而，卻是奢侈的夢，在那個肅殺飄零的年代。

抗戰，逃啊——

國共內戰，逃啊——

最後竟逃成一個國民黨政府下的大兵，逃到了台灣。

那之前，他從來都不知道台灣在哪裡。

在大陸內地成長的生命，橫渡長江，就是不得了的波瀾了，何況是要渡過一片汪洋！難怪他怕。難怪他的幾個袍澤，都很害怕。但命運是一隻看不見的手，自有祂下棋、布局的安排。

我父親上了船，吐了整夜。搖搖晃晃，看到了島嶼。

他從北部，基隆登岸的，所以沒有一片搖曳的椰子樹，但陽光是炙熱的。碼頭搬運的工人，用異樣眼光看他。疲憊、身形勞頓的他，也用異樣眼光望著這島嶼的第一印象。

人生總有難以言喻的際遇。

多年後，我認識一位南部眷村長大的女子，陪她回老家探望。

她父親聽說我是北部的眷村小孩，一整個晚上都在跟我聊他的軍旅生涯。

他是從南部上岸的，在高雄港。

上岸後，部隊整編，他從此在南部落腳。

熱啊！熱啊——

他一直搖頭。

他女兒在旁邊插一句：「我爸東北人。」

噢，我點點頭，附和著。

難怪，從溫帶，跑到亞熱帶，難怪。

但她母親是南部姑娘。

她爸爸在雜貨店，相中了老闆的小女兒，死纏爛打追來的。她們家一連生了五個女兒，最終放棄了生兒子。還好，反正反攻大陸也放棄了。

當然，那段戀情無疾而終。

我偶爾會想起，她那在南部上岸的父親。

落葉，不一定歸根。但，花果飄零，終須一塊土壤，讓它落下，而後再試著落地，試著生根。

多有意思啊！在南部登岸的，娶了南部閩南姑娘。在北部上岸的，娶了北部客家女。

人生無法掌握的命運，跟著命運走，卻走出了新生路。

在北部落腳的我父親，始終在家裡，安置一座祖先牌位，一方供桌，原來也是有故事的。

我大弟弟還很小，但已經會走路，會講話，會跟我搶東西吃，會吵架了。有陣子，他突然夜夜狂哭，驚叫，做噩夢。常常是在夜半。

我們兄弟倆睡在一起。剛開始，老爸以為我欺負他，常威脅要揍我。但，日子一久，察覺不對，怎麼好好一個小孩，夜夜噩夢。

問他夢到什麼，他就手指著牆壁，說哪裡有東西！害我都毛骨悚然，晚上睡覺不敢熄燈。但燈亮著，弟弟照樣噩夢。

更玄的是，那陣子家裡也奇怪，常常會發現，毛巾掉在地上，肥皂盒怎麼被移了位?!

母親說，去找師父來看看吧！

父親鐵齒不肯。

但好幾個月，狀況都沒改善。全家人睡不好，總不是什麼好事吧！

最後，請來一位師父。

類似我後來在電影裡，看過的茅山道士所用的法器，只是沒有穿道袍而已。

他在我們家，這裡喃喃自語，那邊指手畫腳。還跟我母親、父親問了問。還蹲下來，對著我弟弟，問了問。

然後，在弟弟額頭上，用手指上下左右比劃比劃，最後開了幾張符。我記得有一兩張，他燒進碗裡，碗裡有水，然後他喝幾口，朝屋內幾處角落，噗噗噗，吐了幾次。逆光的關係吧，水氣瀰漫出一股氤氳，在屋內久久不散。剩下的符，貼在前後門。其中一張，就貼在弟弟看到奇怪東西的那面牆上。

害我那幾晚，瞪著牆上的符，總以為會抓到什麼！

過沒幾天，家裡就多出一座祖先牌位，一方供桌。

父親好像在牌位前，哭了好幾晚。

我跟弟弟都不敢吵他。

後來，母親才說，師父講，不是什麼不吉利的東西，應該是你的爺爺奶奶過世了，沒人祭祀他們，所以來通知你爸爸。

說也奇怪，那幾天以後，弟弟開始可以整晚安睡，家裡的東西也不會莫名其妙的自動移位了。而我們家，也就有了一座長年供奉在那的祖先牌位，一方供桌。

過年過節，要上香。

我父親生日，也要上香。

後來，兩岸關係鬆解，我父親的唯一的同父異母的弟弟寄信來，我們才知道，爺爺奶奶早在我父親離開大陸後沒幾年，陸續離世了。

8

外公走了以後，父親說再沒有長輩給他紅包了！

外公走了以後，父親很難過。

外公的葬禮，親人都勸父親別去了，年紀大，身體虛，精神狀況不穩，怕他撐不住。但父親堅持去了。

整個送別，儀式很長，搭了大雨棚，寒風一陣陣從縫裡透進來。我們晚輩的，多數時間站著，間或幾次下跪，拜別我們家族的大家長。

父親果然身體撐不住。

親人安排他靠邊坐著，但他一直撐到整個儀式結束。

父親那天很沉默。

他身體不好以後，更形沉默了。

但那天他的沉默裡，有一種隨風而沁入的悲傷。

冷風裡的沉默，格外讓我替他擔心。

拜別外公時，父親堅持要跪。

我們攙扶他。

他的骨架非常鬆弛。跪下去，好像就站不起來似的。

你很難看到這樣的畫面。

外公走的時候，接近百歲。而他的二女婿，我父親，八十六歲了。

難怪當初這場婚姻，外公會反對。

他們翁婿，差十三歲左右。

我母親排行第二。

母親認識父親時十八歲。隔一年，懷孕，結婚。要帶回家的準女婿，外省人，大兵，年紀不小三十了，沒錢，沒家，沒親人。萬一反攻大陸，還要上戰場！

若你是我外公外婆，應該也會說不！反對，很合理。

而且，我外公一定也沒準備好，要面對一個差他不過十三歲，基本上算兄弟年齡的「準女婿」吧！受日本教育的他，連國語都說不好，何況我母親還告訴他，那男人是湖北來的?!

湖北在哪？講湖北話嗎？

但，我外公八成也理解，他反對歸反對，他的二女兒是不會理他的。

她從小被送出去，當養女。寄人籬下，看人臉色長大。後來提早出來工作，在社會上打滾。對感情，對婚姻，自有定見，哪裡是未曾好好養過她的外公外婆所能置喙的呢！

我外公反對，我外婆啜泣，都沒能阻攔他們的二女兒，決心嫁給外省人。

我外公外婆是很疼我母親的。只是無奈，食指浩繁，務農的他們，實在養不起女兒。我長大後，去外公外婆那，總感覺他們對我有一份非常疼愛的情感，不只因為我是長孫，應該也是一份對我母親的虧欠吧！

熬過了岳父與女婿尷尬的對峙期後，我們每年逢年過節回去客家聚落探親，父親與外公的互動，非常有趣。

我父親客家話完全不通。

我外公勉強講一些國語。

兩人多半是，你講客語我講國語，你比手我畫腳，你遞菸我點火，你舉杯我敬酒，你夾菜我送湯，彼此客氣，好不熱鬧！

但真正拉近外公與父親關係的，是飯後娛樂。

我外公愛打四色牌。

現在年輕人不會有什麼人還知道四色牌吧？

小時候，我還有好幾副。因為四色牌是消耗品，玩過一陣後，必須換新牌。舊的，外公就給我當玩具。

四色牌上，印的圖案，幾乎是象棋的翻版，將士相車馬砲，外公會叫我過去，攤幾張牌，要我認字。認對了，吃紅，給糖給零用錢。

打四色牌可以多人一起打。

外公幾個女婿兒子，圍桌一圈，飯後可以開打到深夜。

我已經完全忘了四色牌的打法。去網路上查，也看不出個所以然。

但外公喜歡蹲在長板凳上，一邊抽菸，一邊催我父親「快點啊～快點啊～」這畫面我始終印象深刻。

我外婆跟我母親還有阿姨們、舅媽們，便坐在一旁閒聊，或煮煮宵夜點心。整個晚上，講國語的，講客家話的，講閩南話的，就在大廳裡此起彼落。我們小鬼們，跑進跑出，吃吃喝喝，開心得很。

外公的葬禮，最後一程，是去墓園安葬。

整個家族包了幾輛遊覽車，到墓園。

父親堅持要去。但墓園開闊，朔風野大，母親不讓他下車。他便留在車上等我們。暮色中，我回頭望望車上從車窗口映照出的父親臉龐，不是很清楚，但他一直往我們這裡望。

他還是堅持送了他的岳父，最後一程。

幾年後，母親有一天打電話給我，說父親突然跟她講，外公走了，沒有長輩再給他紅包了！

我愣了一下，一下子沒會意過來。

我的印象裡，每次去外公外婆家，父親母親都會準備紅包給外公外婆，那是女兒女婿的一點心意。但我從來沒注意，也沒想到，我外公也會包一個紅包給我父親。

原來，外公一直記得，這個小他不過十幾歲左右的外省大兵，是他的二女婿哪！

而我父親，雖然這麼多年來，有他兒子女兒媳婦女婿，逢年過節，在他生日時，包紅包給他，但他卻一直懸念著我外公給他的紅包。

畢竟，那是多年來，他隻身在台灣，唯一的長輩、親人，給他的紅包啊。

在我外公面前，我父親，像個孩子！

9

父親始終沒回去他的老家。
不是近鄉情怯，是家已經在這裡了！

父親這一輩子，最糾結的，莫過於他離開大陸後，就與親人再也未曾相見了。

兩岸初開放，他的老家就試著跟他聯絡。通了信，甚至還通過橫跨海峽、橫跨陸地的越洋電話。

那種感覺，對我很奇特。

我聽著電話那頭，鄉音很重，很誠懇，但距離很遠。我應該叫他叔叔。

電話裡，父親與他聊了滿久的。

但他始終不願回去。

祖父母都不在了。

這是原因。

但他還是寄了錢，請他同父異母的弟弟，代為整理墓地，為他盡一份孝思。

他始終不願回去。

我們勸了他多次，也願意抽空陪他回去看看。

他六十幾歲時不去。

他七十幾歲時不去。

到了他八十多歲後，我們也不敢讓他回去了。

他內心深處，一定閉鎖了一扇心思的窗，但他從裡面反鎖，我們也沒法找到小徑的鑰匙，打開那道沾滿風霜刻痕，緊緊闔上的心門。

是滿庭雜草叢生，回去的小徑已經荒煙蔓蕪了嗎？是撥開亂草，不忍看見昔日的屐痕猶在，而自己已經老邁了嗎？

我父親的心，有著歲月一道道的刻痕，刻痕在他心底。湖面上，我們只看到他沉默寡言，彷彿心事很多。微笑的時候，多半是因為我們在他身旁。或是，我們這些孩子，做了某些讓他開心的事。

我有時會這樣認為：也許，他早認定他的家，僅有的家，在這裡了吧！他娶了我母親，生了我。度過八二三炮戰，回到台灣，又輾轉隨工作調動去了幾個地方。生了我大弟弟，最終不想再這麼移動了。於是，申請眷舍，落腳在當時剛剛蓋好的，位於楊梅埔心的眷村。

住進去沒多久，我家老三，出生了。老三早產，差點沒命。

我們是在母親消失好幾天之後，才看到父親母親神情疲憊地抱回一個乾癟的小娃兒，小到不可思議。

原來早產兒長這樣啊！

家裡突然多了一個娃，還是早產兒，捲在小棉被裡，成天在睡覺，醒了便沒日沒夜的哭。母親非常困頓，也跟著哭。

我後來自己結婚，有了女兒，跟著了解女人懷孕生下嬰孩後，都有一陣子的產後憂鬱症，才回想到母親那時應該就是產後憂鬱症吧。

怎不憂鬱呢？

家裡有兩個五歲、三歲的男孩，已經夠她累了。如今，再多添一個早產男嬰，整天哭、叫、鬧。父親還是要上班，家裡就一個孱弱的母親，帶三個小孩，她怎麼不憂鬱?!而且，她生完三個小孩時，她才二十四歲啊！還是個年輕女子，卻已經扛起照顧三個兒子的重擔了。

她怎麼不憂鬱呢？

時間，是溫柔的。任何疲累、傷痛，在時間的撫慰下，最後都磨平了瘡疤。

我母親後來，屢屢拿她能吃苦，來勸我不要怕婚姻，不要怕生小孩。但我偏偏就記得她年紀輕輕，管教三個男孩的辛苦。

我們一家五口，擠在十幾坪的眷舍裡。

家太小，又生了老三。

老三跟母親睡。

父親一個人睡小房間。

我跟大弟弟共用一張竹床。晚上鋪在客廳兼飯廳兼房間的地板上，兩兄弟嘰嘰喳喳聊不完也吵不盡，常常被父親狠斥一頓後，才心不甘情不願的睡去。

我不時會在夏天熱得難受的午夜醒來，發現父親竟坐在我們竹床旁的椅子上抽菸。那時還沒有二手菸概念，父親嘴裡的菸頭，於暗夜中，一會明，一會暗，偶爾會聽到一聲嘆息，一聲長長的嘆息。

我都悄悄地、不吭聲地躺著。

有時，過不了一會，睡著了。

有時呢，慘了，怎樣也睡不著。

父親注意到我醒了，會溫柔地對我說：「怎麼了？有蚊子嗎？」

我說沒。

他噢一聲，沒說話。

我們父子，就那樣在暗夜裡，沉默的，我躺著，他坐著，直到我終於睏倦攤平，直到他起身去睡覺。

他理應睡不著的。

三個孩子相繼出生。一張嘴，開口就是吃。一伸手，就是用。都是錢錢錢。

他的薪水，連省吃儉用，都很捉襟見肘了，何況還有我家老三，早產兒的額外開銷。

我們在原先那棟十幾坪的眷舍裡，住了很久。

母親在老三也念幼兒園之後，去工廠上班。

再隔幾年，她又生了個妹妹。這是她一心嚮往的女兒夢，能為女兒紮辮子的女兒夢。

一家六口人了，我跟兩個弟弟也大到沒法一直打地鋪。

父親湊了點錢，趁隔壁鄰居搬走，頂下房子，我們才像憋了很久的氣的胸腔，突然可以大大喘息一樣，在稍稍寬闊的房子裡，隔出一間房，放兩張上下鋪，三兄弟，加一個么妹，四兄妹擠在一個房間裡，睡前嘰哩咕嚕的、天南地北的扯，很多年很多年以後，我們過年團聚，兄妹間還會聊起那段日子的畫面。

父親那時看我們四兄妹，在兩張上下鋪裡，嘻嘻哈哈。他不時會站在門口，微笑地站著。我聽他對我母親說，以後，我們若有錢，再把房子整修一下，讓每個小孩都有自己的房間吧！

他原先不會想到，來台灣，一待會待了整個人生。但他遇見母親。他對我外公外婆承諾，會照顧她。然後他有了四個小孩。日子很苦，但他沒有鬆懈父親的責任。

他讓我們住的房子，從一間破舊眷舍，慢慢擴張為兩間打通。

我念大學的時候，我們四兄妹各有一小間自己的空間了。但弔詭得很，那時也是我跟大弟弟，去外地住宿念書的時候了。

我父親，望著我們兄弟不在的空房，或許覺得寂寞吧。

但，他應該也很驕傲，他胼手胝足與我母親建立了自己的家。在他愈來愈熟悉的這座亞熱帶島嶼上。

10

為什麼我們的父親，總是沉默地望著世界？

我對朋友說，父親很沉默。結果，不少人都回我，他或她們的父親也是。

我本來以為，外省的父親多半沉默。結果，不少本省籍的朋友告訴我，他們的父親也很沉默。

結果是，他們那一輩，幾乎都是「沉默的父親」！

這應該是大時代裡，大眾的，大規模的，集體的沉默吧！

我愈長大，知道愈多，愈心疼我父親，與他那一代，無論本省或外省的父親們。

我父親有好些位與他在飄零過程中，一道吃苦、熬過來的袍澤朋友。

有幾位，追隨我父親的腳步，毅然決然結婚了。雖然比我父親晚很多。但好幾位，最後孤獨以歿。我都去參加了他們的葬禮。真的很孤獨，因為老袍澤沒剩幾位了，又沒親人送終。也有一兩位，後來回去大陸，從此很少音訊。

我認識的朋友，凡說他們父親沉默的，我都很好奇，那他或她，我所認識的一面，看起來如此活潑，都是像誰呢？

都像母親嗎?!

也許。但總不至於全是母親活潑、老爸陰沉寡言吧！

真如此，那當初，怎麼談戀愛的？

哪個正當青春的美少女，會喜歡沉默寡言，跟木頭一樣的男人呢？

我母親說，就是愛你爸爸很老實啊！

但我說的，顯然不只是人格特質上的老實而已。我說的，是一種被時代推著走，在沿途，不是別人擠掉你便是你必須擠掉別人的，那種無可奈何的沉默！

我父親，斷斷續續，說過一些。

上不了船的人，在碼頭上哭喊。上船的人，驚魂未定，望著碼頭上哭喊的人群，漸行漸遠，他們不知，自己是幸或不幸。他們只能一直逃，一直跑！

夜裡，突然一陣轟亂，幾個憲兵從床上拖走一個同袍，從此流言蜚語。

他的一位長官，政治因素，提前退伍。到台東鄉下賣燒餅，娶了山地姑娘。

最扯的是演習中，一顆炮彈掉在不該掉的地方，「轟」一聲，他的一個排，死了一半！

父親說，我們活在亂世啊——

我後來讀《三國演義》，突然像開了竅。不管劉關張怎麼三結義；不管赤壁怎麼大戰，怎麼三分天下；不管大江東去，浪花怎麼淘盡英雄。將軍一聲令下，衝的都是小兵，死的都是嘍囉，不是嗎？那些小兵，那些嘍囉，不就是像我父親與他的袍澤一樣的那些人嗎？

歷史不會寫他們一筆的。他們只會是「英勇的國軍官兵們」啊，這個集體名詞裡的一個。一個名不見經傳的官或兵。

你看不見他們。如同戰爭電影裡，前仆後繼，在箭矢中倒地，在炮火中身軀碎裂的，那一群群沒有個人臉譜的小兵們！

難怪，我父親，你父親，他父親，她的父親，都是沉默的。

難怪，當一部電影《老莫的第二個春天》很紅時，我小弟很貼心，問父親要不要去看？

父親搖搖頭。不了，我自己就是「老莫」，幹嘛去看別人？

我聽了，初初好笑，之後是狠狠的心酸。也難怪，當老兵一波波走上街頭，哭他們想家，要回去看看時，媒體上充斥著「老芋仔」的稱呼用語，我小妹有一天，在晚餐桌上，也用「她同學說這些老芋仔」怎樣怎樣時，我母親突然「啪」一聲，把飯碗重重摔在桌上，狠狠地說：「你爸就是『老芋仔』！以後，妳再說說看?!」當場把我念國中的妹妹嚇哭了。反倒是疼我妹妹的父親，挺身出來打圓場，嫌我母親幹嘛嚇到女兒！

我父親不願看老莫電影，我母親不願聽到人家叫老芋仔，都因為他與她，都是從那個人擠壓人的時代裡，掙扎出來的啊——

他們沉默，但他們在「一切為了孩子」的隱忍下，卻有著無比的毅力，忍耐日常生活的消磨。

父親幾乎沒什麼娛樂。或者，更確切一些講，應該是沒什麼「要花錢」的娛樂。

我很小的時候，他帶我去看勞軍電影。

我們在宜蘭羅東的時候，他帶我去尚未加蓋的大圳旁看圳裡的小竹筏，走累了，他才讓我吃一碗切仔麵。他只是坐著，望著我，說他不餓。

在眷村裡，鄰居打牌邀約時，他靦腆地回說不會，只因為打牌難免輸錢，對我們家就是負擔。

我們孩子是懂的。

從小我們也養成不隨便跟他要錢的習慣。

任何一筆不在日常開銷明細裡的支出，對他都是絞盡腦汁的意外。

青春期的時候，我是很憤怒的。

憤怒且賭氣。

憤怒為何我們總是經濟這麼困窘？賭氣那我就一毛錢都不跟你拿！

有時，父親會在我念書的時候，一副「很想跟我說話的樣子」靠過來，問我還好嗎？
我就硬硬地嗆他：「還不是一樣，有什麼好不好的！」
然後，繼續低頭看書。
偶爾，他會生氣。但多半時候，是沉默地走出去。
而我呢，其實常常是看著他的背影，心中不忍。但他沒回頭，我也沒追過去。
於是，也就算了。
日子，繼續一天，又一天的，過去了。
我現在常常會想到往昔那些畫面。就會對自己說，你真幸運啊——父親一直都在，雖然他老了，但還好，你還可以去看看他，陪他吃飯，扶他走走，包個紅包給他。你真是幸運啊——他都八十幾，他都九十幾了！

11

那時候啊，

每個父親都背負著「那時候啊～」的沉重包袱

成長的過程中，我有注意到一個「非常有趣」的現象。
我去一些成長背景相近的，父親來自大陸，母親是本地人的朋友家，聊著，聊著，最後總會剩下我，面對面的，跟朋友的父親，或者喝茶，或者喝酒，或者什麼也沒喝，就那樣面對面的兩人聊天！

說聊天，不如說是他講得多，我聽得多。
畫面常常是這樣變化的。
先是，大夥一塊寒暄，聊天。
然後，吃飯。
飯後，送上茶點，水果，然後對方家人一一退出，不知不覺，剩下我，跟朋友的父親，一對一了！
事後，我會問朋友，為什麼，你們留下我?!
得到的答案，幾乎差不多。

「我爸喜歡你啊，哈哈！」

這哈哈二字，道出了他爸爸喜歡我，只是敷衍句。

真正的關鍵應該是，「我們常聽啦！」、「講來講去，都是那些啊～」

所以呢？

「就交給你啦，反正我爸喜歡你，哈哈哈！」

於是，我常常在朋友家，坐在那，聽他的父親對我講，他們一聽再聽的往事了。

我都聽到什麼呢？

通常都是這樣開頭的：

「那時候啊～我……」

於是，一段又一段的往事，但我們聽來像故事的往事，於焉出籠了。

那時候啊～

在馬防部，一年才回來一趟。所以每次看到小孩都嚇一跳，突然變樣了！

那時候啊～

帶一個排，守大膽。（就是那個有水鬼摸上岸的島嗎？我問。）對，尤其沒月亮的晚上，你要小心翼翼。（我們的水鬼也會摸過去嗎？我要接話題。）當然，他們過來我們過去，禮尚往來嘛！

那時候啊～

演習都玩真的，真槍實彈。炮彈射歪了，一個散兵坑死好幾個啊！

那時候啊～

行軍一走走半個台灣啊～到了目的地，長官還不讓你休息，他口令一下，扛槍原地立定跑，跑到口令喊停為止。（伯父，您跑得動嗎？）當然，那時我才二十幾歲啊～

那時候啊～

那時候啊～

我聽著，聽著，會想，難怪我的朋友們，會覺得父親一再的重複往事，聽久了，像重複播放一首老歌一樣。旋律才出來，你就知道是什麼歌，是什麼調了。不是不好聽，是聽多了。

年輕時，我們幾個哥們，一塊去女性朋友家作客，聽說她們家四個姊妹花，一個比一個漂亮。

她們父親上校退伍，聽說搞情報的，神祕兮兮。

我們見到他時，已經滿老了。

老先生住在女生宿舍裡，伯母一看就很精明能幹，四個女兒如花似玉，難怪他既驕傲也寂寞。看到我們幾個青年男子來，好不開心啊，抓住我們就一直聊，一直勸酒。

知道我父親曾經在金門，立馬搬出他搞情報的精準記憶。問我父親部隊番號，問我父親的師長是誰，問我父親退伍前在哪裡供職。問到連她女兒都翻白眼了，連拖帶拉，把我帶離現場。

最後，只有一個朋友留在客廳，跟她父親一直聊沒完。

回程的路上，我們問他，為什麼可以一直聽，一直聊，不累啊？

他說看看能不能讓長輩開心，就讓出一個女兒給他追啊！

我後來帶朋友回家坐坐，也驚訝的發現，不知不覺中，類似的畫面亦同樣上演。

總是，我父親對著不得不很有禮貌傾聽的朋友，也是那麼樣的開場：

那時候啊～我剛到金門……

那時候啊～我剛認識他媽媽……

那時候啊～你不知道有多可憐啊……

那時候啊～如果我跳了船……

那時候呢？

我通常也會利用父親在講古的時候，去幫母親清洗碗盤，整理廚房，陪她閒聊一會兒。

我父親講的那些「那時候啊～」，我們多半都可以自己講一遍了，還是讓初來乍到的朋友聽個新鮮吧！但我有時候，也會在往後的歲月中，不經意地，突然遭逢父親講過的一些「那時候啊～」！

那年我去金門八二三炮戰紀念墓園。

黃昏裡，看到一座墓，墓碑上寫著：無名英雄。而且，有幾個墓，是集體合葬。

因為炮彈密如雨下，很多軍民在瞬間猝不及防，幾個人同時間身首異處，一團血肉模糊，根本沒辦法辨識出誰是誰，只好一塊安葬，無以名之，於是名之為「無名英雄」！

我父親說過這段他親見的往事。

我們聽多了，感覺像電影，像故事。

但那個黃昏，我站在昏暗的墓園裡，看著那座無名英雄墓塚，卻能深刻的感受到，當時，一顆炮彈轟下來，幾個人，瞬間炸飛了身軀，炸斷了記憶，也炸毀了他們與這世間所有的連結。他們的親人，會知道離開故鄉的孩子，被來自故國的炮彈，炸斷了所有生命的依歸嗎？被炸毀的軀體，靈魂會千里迢迢，魂歸故里嗎？還是，還是在海峽的上空，不斷的梭巡，不斷的尋找，不斷的哭泣呢？

難怪，我父親，我朋友們的父親，總是在那叨叨絮絮著，那時候啊~那時候啊~因為，在他們生命中，確實是有著一段又一段的「那時候啊~」

他們見證了生死一線。見證了炮火無情。見證了死者已矣，但生者卻背負著記憶的沉重。我想念我父親叨叨絮絮的年歲了。至少，那時候啊~他體力還行，他記憶還好，他還能對我們說，那時候啊~那時候啊！

12

父親打盹時，他意識的底層會搜尋哪些遺憾來彌補呢？

父親也跟所有的老人一樣，慢慢的愈來愈老了。

先是腿不好。遛狗時，不小心被狗突然往前狂吠拉扯跪倒，把兩隻膝蓋摔壞了。換了人工膝蓋，腳勁差很多。

接著視力衰退，白內障來了。

耳朵也重聽了，不大聲講他會啊啊什麼什麼的。

老化最明顯的，是他精神狀況不好。

本來便容易想東想西的他，似乎更加滑落進他自己的，無邊無際的意識之底層了。

他其實已經算很厲害了，九十幾歲，仍然自己洗澡，動作雖然很慢。怕他跌倒，我們在浴室放了板凳，做了防滑設備。

有時我回去，看他在浴室待老半天，不放心，在外邊問他，還好嗎？

沒聲音。

再問他，大聲喊，爸，您還好嗎？

過一會，他才悠悠地回我，坐著坐著，差點睡著啦！

等他出來。

佝僂的軀體，的確是老了。但他堅持還是自己來，一點都沒變。

小時候我喜歡看他刷牙。

超認真的。

對著鏡子，上排牙齒，刷刷。

對著鏡子，下排牙齒，刷刷。

對著鏡子，伸出舌頭，刷刷舌苔。

然後，一樣對著鏡子，喝一大口水，仰頭，張嘴，水在口腔裡攪動，呵啦呵啦，接著閉嘴鼓起口腔，在裡面咕嚕咕嚕。

然後，吐掉，再重複兩三次。刷牙，完成。

我妻子嫁給我後，回家探望老人家，當然注意到她公公的日常習慣。

我是怎麼知道她有注意呢？

有一天，在我們自己的家，睡前我刷牙完，開心跳上床，妻子突然對我說：「你刷牙跟你老爸好像啊！」

啊，真的?!

不講，我真沒留意。

我只知道我刷牙是不習慣用漱口杯的。直接開水龍頭，用水漱口，沖洗。

但我妻子很確定，我的刷牙過程，跟父親一模一樣。

我對妻子笑笑，怪不得呢？原來我真的是他兒子啊！

但父親確實愈來愈老了。

年老，不容易入睡。但，很輕易打盹。

我們為他在客廳安置了一張可靠可躺的長沙發。旁邊一座小茶几。他的老花眼鏡，他慣用的杯子，他戒不了的香菸打火機，都放在上面。

這幾年，他行動力差了，這張沙發，這沙發的周邊範圍，是他最後的勢力範圍。

有時候，我還看到一份報紙，上面有紅筆劃線的新聞。

有時候，我寫的書，他也會擱在茶几上，也許偶爾會翻翻，或者，是想到我時，當成是我在家吧！

母親說他上床睡的時間不長，在沙發上打盹的時間很多。

坐著，坐著，便打盹了。

其實，他打盹，哪裡會挑時間、挑地點呢？

好幾次我們是全家聚會，吃著吃著，一回頭，他坐在那，打盹了。

他打盹，我們不吵他，繼續吃我們的，聊我們的。

不一會，他回神了，還會自己解嘲，啊，睡著了嗎？

我們也會開他玩笑，去做夢啦?!

他尷尬地笑笑。嘴裡掉了不少牙了，但還是蠻能吃的。只是不能吃太硬、太重口味的食物。於是，都是母親做好，帶在保溫桶裡，帶出來吃。

他打盹的時間並不長。有時幾分鐘，有時十來分鐘吧。醒來，聽我們聊天，會沒來由的，突兀的插上一句。但我們其實沒人聽懂他講什麼。那很像是在喃喃自語。彷彿他在打盹的時候，去了一趟遙遠的國度，經歷了一些事，然後突然被外界的聲音拉回來！

乍醒過來，他看看我們，眼神帶著一種跨越國境的時差感，「小萍回來了嗎？」他彷彿從夢中歸來，於是確認一下。

但我就是小萍，我就在他旁邊啊！

不然，便是他坐著坐著，眼神轉向我，沒來由的插上一句，「啊你也這麼老了啊，兒子！」不知道的人，還以為他幽默呢！但其實，我也許能猜測，他是在時空與時間的切換中，突然由於打盹，由於年老力衰，腦袋中的轉換機制沒法那麼快銜接，於是，便出現了我們晚輩們看到的落差。

比方說，某一次的家庭聚會中，我們幾個晚輩在吃喝之間，聊起很多家族的往事，但我們切換很快，一下子是小學時，一下子跳到國高中，一下子又回到現在我們的小孩身上。

當我們正在為小孩子的青春期教養，妯娌兄弟間交換看法時，父親他看似垂頭打盹，卻瞬間抬頭說：「那時候啊，我打老大打得太兇了?!」

大家望著他，有點反應不過來。

可是我立刻想起來，他應該說的是，他最後一次體罰我的記憶。

他當時確實痛扁我一頓，吊起來打。

可是，那是我小學中年級的事了！自那之後，他就從來沒有打我了。

他竟然在快九十歲，腦袋已經退化嚴重的時候，在我們嘰哩呱啦聊天時，開啟記憶中的某一個匣盒，翻出他打我的往事。

而他想說的應該是，他很後悔當時打了我！

也許，他當時就後悔了，因而一直惦記著，一直惦記著。在快九十歲時，突然在我們家人的閒談中，捕捉到他可以說抱歉的時機。

我望著他，告訴他，還好您當時扁了我啊，不然我哪有今天呢？是不是，我的老父親！

13

父親卯足了勁，
我們終於有了竹籬笆裡一個又一個春天

我才過了花甲，就已經感覺人生漫漫，好像很多事自有定數。可是，路口分歧點上，你不勇敢嘗試，定數也不會自己走上門來。

我父親，教了我很多。

我父親帶著我和母親，從金門回來不久，大弟弟來報到了。沒辦法，父親母親都年輕嘛！

我們繼續在北台灣，輾轉了好幾個地方。最終，回到楊梅。

父親決定要落腳了。

巧不巧，埔心正擴建一批眷村。

父親卯足全力，非弄到一間不可。

埔心陸陸續續有了七個眷村。

我們家，竟然分在「金門新村」！

而且千萬別誤會，這村子跟金門沒有關係。既不是因為安置金門移民，也並非為了戍守金門的國軍官兵而設，完全是巧合。

但我們家，一家三口，確曾在金門出生入死於八二三炮戰啊！

如今，第一個家，也是之後未來數十年，唯一的家。就在這名為「金門」的「新村」裡，直到很多年後拆掉。

我將在這村子裡，度過童年，青少年，然後出去讀高中，大學，研究所。

在這村子裡，跟隔壁村的女生約會。到隔壁村子去借盜版英文錢櫃雜誌排行榜唱片。念我人生的第一所小學。這話聽起來怪怪是吧？誰的小學不是第一所呢？

這，欸，也是有故事的，以後再說吧。

我們埔心，是塊寶地。

怎麼說呢？

它太特別了。

位於中壢與楊梅之間。

因為鐵路縱貫線，公路縱貫線，平行經過埔心。從中壢往南走，會爬過一個很長的坡道，你念過台灣地理，知道什麼是丘陵地吧？

從中壢爬坡到埔心，你就會點頭說哦原來丘陵地長這樣啊。

我母親後來常說，住埔心住習慣了，最放心，永遠不淹水！

埔心是鐵路縱貫線的一個站。

我們住在埔心後，這個站很重要。我們進出埔心，都搭火車。日後，我人生關鍵的高中時期，尤其仰賴這個車站。日出，搭車往南去新竹。日落，搭車從新竹回埔心。

我將見證這車站，從木造建築到水泥建物的改造，也將在這車站告別我高中青澀的戀情。

我用引號「金門」、「新村」，是要告訴你，這村子，沒有幾家人，跟金門有關。我們家是少數例外。至於「新村」嘛，反正中文詞彙就是很厲害嘛。取個「新村」名，一切就都新的開始啦。但「眷村」顧名思義，眷屬之村。

龐大的部隊，並不是個個單身的。有家有眷的，總要安排個住處，讓保家衛國的官兵，沒有後顧之憂。眷村的急迫性、臨時性，是很必然的。

安置了有家有眷的，反攻大陸雖然是那位「老人家」偉大的堅定的目標，但飲食男女也是人之大欲啊，陸續要結婚的軍人，你總不能老是拿反共必勝，建國必成，來搪塞啊！

於是，眷村的擴建，也像雨後春筍，雨後蘑菇一般，在台灣各地菌集了。

我長大後，接觸日多，才發現每個眷村都很不一樣。

但很多眷村，你顧名思義，又多少猜得出它的來龍去脈。而且有些眷村，還真是階級森嚴，指標鮮明。

但我喜歡我住過的「金門新村」。

跟金門無關，我卻在金門經歷過八二三炮戰。彷彿有緣。

村子一點不新。

我們搬進去時，幾乎家徒四壁。房子很小很窄。沒辦法，我父親只是個士官。眷舍配給，不是看你人數多寡，是看官階的。

那時，家家戶戶，彼此間隔著竹籬笆。小孩子可以在竹籬笆的縫隙聊天，遞紙條，傳零食，當然也可以透過竹籬笆公然偷窺隔壁家在幹嘛。

室內的牆面漆成白色，用淺綠色木板，斜槓做裝飾也做支撐。

剛搬進去，房子看起來很「新」村的樣子，沒多久，下大雨，你就知道它多麼與大自然天人合一了。下過雨，在沿著漏雨留下水漬水痕的地方，我跟弟弟好奇，用手指摳，摳摳摳，竟然就摳出一個窪。裡面塞滿稻草，是攪拌了泥巴與稻草做成的牆面。

我母親很生氣，一巴掌打過來。不是氣這牆怎麼這麼不經摳，而是，氣我們小孩子幹嘛沒事去摳破它！

母親罵著，摳啊再摳啊，房子垮了看你們住垃圾場！她生氣不是沒理由的。

母親那時懷了小弟，家務操勞，很累很疲倦。看我們把牆面摳出一個窟窿，當然心疼，當然很氣。

我們至今留下一張在尚未被父親花錢整修之前的，最早的眷舍裡的家人合照。還可以看出當年我們家是多麼的「寒傖」！

父親神情很疲憊。他為了這個房子已經卯足了勁。他為了一家五口的吃喝拉撒，已經全力以赴了。

母親表情很疲累。她整天忙進忙出。但父親薪水就那麼點，巧婦難為無米之炊，她怎麼不生氣、不鬱悶？她才二十幾歲啊。

只有我跟弟弟，似懂非懂的，在這間小而窄的房子裡，跑進跑出，在竹籬笆擋不住的外頭巷弄，跑來跑去。

那是我的眷村生涯的開始。

也許「新村」一點都不新。但那是我父親胼手胝足的第一個「自己的家」，那是我母親將費盡她一生心力，生下我小弟、我小妹的家。她無怨無悔的把這個不新的家，會漏雨的家，撐出一個又一個竹籬笆裡的春天！

我永遠會記得的，並不「金門」也不很「新」的「金門新村」。那時，我們家門牌是，二三七號。

14

我明白了，
父親要在自己的房子裡慢慢的老去

眷村拆掉了。

我的心情，很微妙的複雜。

我不知道父親是不是也很類似。

在一片狼藉的磚瓦間，不少門牌，像戰火下的棄屍，沉默的，倒在屋瓦殘骸中。

眷村朋友拍了一張黃昏時分，他取景的照片。

我默默看了許久。

很難想像，那麼多的童年往事、年少瘋狂，都曾在那些瓦礫中，像電影倒帶一般，回到昔日的巷弄，矮牆，廣場。然後一堆人，在那些屋簷下，一天天的過日子。

很難想像。

我父親很早就在傷腦筋，我們眷村的房子，無法讓將來孩子們結婚後，帶媳婦女婿孫兒們回來時都有自家的房間。於是，他很早便盤算著，怎麼樣在眷村外買房子。

在眷村改建問題，還沒吵得沸沸揚揚之前，不少老一輩的，如我父親輩，便處心積慮在外買房子。因為他們知道，眷村遲早要拆掉改建的。改建後，即便分得到，也未必是在你熟悉的老地方。那還不如，自己趁早在熟悉的環境裡，先備好腹案，買自己的房子。

但，在外買房子，對死薪水養家活口的低階軍人，哪這麼容易啊？所以除了少數例外，多半是等家裡兒女有先畢業先出社會工作的，等他們拿錢回家為家裡的購屋，備好第一桶金。

我大學畢業後，一度跟我同學一樣準備出國。但經濟因素，先留在母校念研究所，一邊進媒體打工。後來，一步步耽擱，竟留在台灣了。

隨著工作穩定，每月拿回家的錢也隨之而穩定。幾年後，父親對我說，不如買間房子吧！用你的名字。

我點點頭。

這是父親多年的心願，有自己的房子，讓家人回家時，不必擔心擠不下。

於是，父親在眷村外，相中一連棟的四層樓。是預售屋。在隔間規劃上，把頂樓的空間，再改裝成左右兩小房，中間留一小塊開放空間，安置了祖先牌位。

於是，真的，我們四兄妹，一人（一家）一個房間，父親母親一間。加上祖先牌位一間。

父親應該非常開心。

從購屋起，他就意見很多。

我雖長子，也負擔了全部的貸款，但既然人在台北，老家的事，都由他與母親來決定。

那時，他精神與體力都還好。

預售屋時，便常常去工地。到了房子大致完工，室內隔間要規劃時，他尤其興高采烈。

每次遇到我，便告訴我他的構想。他說，現在一人一間，等你們都結婚了，一家人回來，各自有自己的空間，雖不大，擠一擠，也熱鬧。

我那時並不好意思潑他冷水，說問題是，我們四個孩子，以後不一定常常住在家裡啊。

我只是微笑看他。

他終於可以為一棟不必擔心若費心整建最後竟不屬於自己的房子而擔心了。

父親似乎一直很在意有沒有自己的房子。

也許，他年幼離家便寄人籬下，自己的房子，變得奢侈。

也許，他進了部隊，從吃飯，洗澡，訓練，團進團出，假日出營區，有個人自由，但外頭卻沒有家可歸。於是，自己的空間，自己的房子，便是夢想。

也許，他初遇我母親，心頭一凜，是啊，是不是時候到了呢？該跟一位心愛的女子，在這座不是他的故鄉的島嶼上，建立一個新的家呢？這個家，應該有屬於自己的房子啊！

也許，他在費盡心思搬進金門新村，一度以為的屬於自己的家、自己的房子，卻在孩子一個接一個出生後，經歷颱風，經歷地震，經歷亞熱帶炙熱陽光，經歷東北季風寒冷陰雨，而跟他的人一樣，亦逐漸老態龍鍾之後，他知道是時候了，該有一棟自己的房子了。

於是，當眷村鄰居們開始紛紛向外，或遠或近的，買一棟屬於自己的新房子，來安置新加入的家庭成員時，他也在默默思索著，是不是應該也有一棟不是眷村，而是屬於自己的房子了。

儘管那時，他已經年紀不小，退休好些年了。微薄的退休俸，根本不足以讓他孵購屋夢。但他有了長子出社會的穩定工作，他有默默節約用度，暗中存下來的一筆購屋基金，於是有一天，他告訴他長子，告訴他妻子，是時候了。

我有一次陪他去看，外觀已經成型，內部開始裝修的新房子，他興致很高，話一直說個不停。

我們從一樓爬上四樓，看了初步隔間好的房間，他已經在盤算，誰住哪一間，誰常回來，所以住哪間比較方便。陽台適合母親種花養盆栽。頂樓屋簷旁，怎麼安置曬衣架、洗衣機等等。

我們父子這裡看看，那裡摸摸，父親難得的興高采烈。

我當時只是感受到一向沉默寡言的他，為了這個新房子，竟散發出無比的打從心底湧現的歡欣。

我還無法預料，後來我小弟帶著女友，來這裡看父親母親。後來，成為夫妻，有了兒子，回家探親他們常住在頂樓右邊小房間。

後來，我帶著妻子，回這裡，我們住在頂樓左邊小房間。我進進出出，都會經過祖先牌位。

後來，妹妹帶著先生女兒回來，都住在二樓。

三樓是父親母親的臥室。旁邊，是大弟弟的房間。

過年時節最是熱鬧。一棟房子，擠了十二個人。老老少少，男男女女。

火鍋的蒸氣，直往上竄。

歡聚的分貝，隨意昂揚。

父親後來老了。精神，體力，健康，都走了下坡。

但，他是在他自己的房子裡，在他兒女親人的圍攏下，逐漸老去的。

15

我父親是在日夜的滲透中，從不逃避責任而逐漸老去的

我父親老了。

老是一種滲漏狀態。

被日日夜夜，慢慢滲透。

一如我們在眷村的老房子。

我們家最早的房子，很小。

那時候也不覺得怎麼不方便。

晚上，把竹榻攤平放在客廳，兩兄弟躺上去，便是臥室。

那時候，我們家後面，還是一片曠野。雜草叢生，夏天有蛇。印象裡，是有青竹絲的，在陽光下，綠得折光；暗夜微光中，綠得幽亮。

印象這麼深，是因為牠常常會爬進院子，鑽進屋裡來。

有一晚，我們去村口廣場看露天電影。回家進門不久，

我母親驚聲尖叫，一條青竹絲，綠油油，盤繞在客廳的門邊。

我父親二話不說，拿起掃把，壓制住那條蛇的頭，只見蛇身瞬間纏繞在掃把上，蛇頭還發出細細的嘶嘶聲。我父親再叫我拿一個水桶，他把蛇在地上猛力按了幾次，動作俐落的，把蛇甩進了桶裡。桶身很高，蛇爬不出來，只狠昂起頭嘶嘶嘶。

抓蛇、打蛇的經驗，是我童年時，很深的印象。

直到幾年後，那片空地，蓋了一座幼兒園。蛇才在我們家院子消失了蹤跡。

長大後，我偶爾回想到這些抓蛇記憶，才納悶那些蛇後來呢？

我母親給了解答。

抓去給巷子口那家廣東人了。我母親說，煮了蛇湯，送了一鍋來，你還喝過呢！

那時，我父親身手多矯健啊！

雖然我們有了自己的眷舍，但家徒四壁啊——什麼都要慢慢增添，慢慢整修。

很多可以自己來的，父親則自己動手。他很會爬高。爬上爬下。上屋頂，修漏水的屋瓦。自己買瓦，調水泥，自己鋪瓦。有時候，也會把在下面，睜大眼睛，一直往上看，問他上面可以看到什麼的我，抱上屋頂。我就坐在屋脊上，望著遠方。

那時，眷村外，民房不多，視野可以看到很遠。

我父親指著北邊很遠的遠處，那邊就是台北。台北有動物園兒童樂園。

他再指著我們家後邊，遠處的山，說過去就是石門水庫了。

那時，石門水庫剛完工，是大事。

我坐在那，眼睛睜大大。

我父親問我，要不要站起來看更遠？

我站起來，手牽著他。遠方一片晴朗。

他再問我，怕嗎？我搖搖頭。

他又伸手抱起我。

我們父子，站在屋脊上，迎風而立。

我貼在他臉龐旁，聞到淡淡菸味。

我父親也很愛漆刷房子。

牆面被我們用手摸來摸去，或用鉛筆在上面塗鴉，母親罵我們，父親就說改天漆一漆就好啦。

他漆油漆時，去跟鄰居借梯子。底下鋪報紙。一面牆，一面牆的慢慢漆。

我們兩個兒子，在地面仰望。也奇怪，那時不覺得油漆味難聞，也沒有驚覺對健康不好。

母親會做一些綠豆湯，等父親刷到一段階段，母親叫我們一塊喝綠豆湯。

我們會跟父親鬧著，吵著要刷漆。父親就在牆面下方，讓我們兄弟試試。油漆刷子，刷毛並不很軟。沾了油漆，刷在牆面上，若不用力，其實不容易沾上去。我們只覺得好玩，但很難想像，我父親站在梯子上，還要仰頭，伸手，刷牆面頂上銜接屋頂的部分。一刷，常常大半天。

我們只覺得父親真厲害。爬上爬下。什麼都難不倒他。

父親年輕時，可以喝點酒。

晚上，就著簡單晚餐，他也可以小酌幾杯高粱。

有時候，他會拿零錢，叫我去村子口的雜貨店，買一紙杯炒花生米。

那年代的孩子，都有印象的。雜貨店裡，賣炒花生米。一個透明桶子，裝滿鹽炒花生米。老闆用張紙，捲起來，像現在的冰淇淋甜筒狀，把花生米裝進去。

我們小心翼翼，捧著它，快步走回家。

父親慣例會調侃我，偷吃了幾粒啊，啊？

我曖昧地笑著，沒有偷吃啊！

他會勻出部分給我和弟弟，我們歡天喜地，坐在一旁，你一粒我一粒平分那些花生米。

父親便坐在那，一個人默默的喝高粱。母親與他對坐，兩人隨意聊著。有時也會陷入沉默，母親會把手邊在做的零工，拿到桌上，默默在編織或針縫。

那時，我們家中多半使用一盞暈黃的大燈泡。

燈下，我父親，我母親，我們兩兄弟，組成一幅眷村家庭平日的晚間休憩圖。那還是沒有電視的年代。

母親那時，肚子裡已經有小嬰孩了。是我小弟弟。

母親還不知道，將來會早產。

我們兩兄弟也不知道，多一個弟弟，會多一個小鬼分搶我們的花生米。

但我父親知道，他的肩膀會更添一根擔子，會壓得他的背脊，更往前傾斜。

那顆燈泡，暈黃的，在夜裡溫溫的照射著。

我彷彿抽離出一道視角，慢慢的，慢慢的，往後延伸，一支長鏡頭下，一間狹窄眷舍，燈光暈黃，一個中年父親坐著默默喝高粱，一個年輕疲憊的懷孕母親坐著默默望著她兩個兒子，兩個不解人事但有炒花生米可以吃就很快樂的兒子，趴在地板上，繼續數著還剩下幾顆花生米。

我問弟弟，要不要留一些明天再吃呢？

他哇一聲哭出來。

在靜靜的室內。

他的哭聲，劃破長夜。

那時，我父親，我母親，多年輕啊！

16

我父親每天沿著記憶散步

父親與母親定居在埔心後，這裡就是他們一輩子的家了。

我們只換過兩次門牌。

但第一次換門牌，很難講是搬家。

因為從二三七號，換到隔壁二三八號。

原來的房子實在太窄小，等到隔壁鄰居準備舉家遷往台北時，父親決定湊錢頂下來。

第二次換門牌，是因為眷村終於要拆掉了，父親下定決心，在那之前，買自己的房子。但還是在老家附近不遠處。

我們幾個小孩，各自有自己的家之後，也曾問過父母親，是不是乾脆搬離開，跟我們住得近一些，照顧方便。

但他們倆，一致搖頭。

「住不習慣別的地方啊！」

兩老給的答案。

但，還沒試試，怎知道住不習慣呢？

我們做孩子的，心頭這麼嘀咕著。

我是高中以後，就到外地讀書的。離開故鄉，一晃，也便是以十幾年，二十幾年，三十幾年來計算了。對我，沒有什麼不方便的。到哪，不是交通便捷，便利店充斥，小吃店林立嗎？有什麼不方便的呢？

但我們孩子嘀咕在心頭，嘴上看著父母親的堅持，也便不多說了。

我們還是照舊，有空便回去探望父母親。

有一次在台北，碰到一位老鄰居，他們還住在埔心。常常會在清晨或黃昏，散步時遇到我父母親，也會在市場巧遇。

老鄰居在偌大城市裡沒有約，卻在街頭迎面撞上，剛巧手邊又都沒有待辦事項要趕，我們便在路旁一家咖啡店坐下，閒聊。

聊著聊著，聊到了他父母親，我的父母親。

都老了，看著他們日漸老邁，都會不捨，但談及很多村子裡我們熟悉的長輩，陸續離世，或躺在病床上多年，我們又都很慶幸，彼此的父母親，都還算健朗。

聊著，聊著，他突然說，常看你父親沿著以前村子老路在散步。有時，也會看他一個人，撐著一把傘，在街上慢慢走。問他，買東西嗎？他搖頭，說就隨便走走。

我問鄰居，路線都差不多嗎？

是啊，感覺差不多。

我依照他的大概描述，在腦海中拼湊一下。

好像是兩條路線。我很熟悉的兩條路線。

一條，是我們還住眷村時，從村子往後頭小山丘走的產業道路，沿途一大片茶園，那是北部有名的茶葉改良廠。小時候，父親常牽著我，去那裡散步。

國中高中以後，放假時分，清晨我都帶著一本英文辭典，穿上球鞋，沿那條路，跑向山丘。在山上，氣喘吁吁，背完預定的頁數後，再跑回家。

而我父親，在孩子都相繼離家讀書之後，他或者帶著狗狗，或者一個人獨自去那條路上，運動散步。

那是一條記憶的小徑。

也是一條身體熟悉的小徑。

透過老鄰居的描述，我知道父親還活在那些記憶裡，沿著小路，鳥鳴啁啾，微風輕拂，陽光燦燦。他在埔心度過的風雨歲月。

另外一條路，我腦海中畫著路線，心想那不是我念小學、國中要走的上學路嗎？

沒錯。

我再努力拼圖。沒錯。從我眷村家走出去，走出村口，是一條大路，銜接埔心火車站到龍潭。我念的小學，在那條路上，靠近埔心最繁華的市集。我念的國中，還要穿過這條街，右轉縱貫線，再往左，拐彎，沿坡直上一串綿延的丘陵，學校就在丘陵地的頂端，可以眺望整個埔心。

你應該不熟悉我念的國中，可是我若告訴你，它就在知名的「味全牧場」前不遠處，你八成會說，噢，原來啊。

我父親長年以來，他在我們故鄉埔心的散步路線，原來都是這麼固定的啊！

一條是他曾經帶著我，沿路散步聊天的路徑。多年後，我不常在家了，他自己一個人，沿著相同路徑走，也沿著與自己兒子曾經走過的記憶走。

另一條，是他上班，我上學，我們去買菜，都要走的一條日常生活路。多年後，他老了，沒有精力再去逛市場拎菜籃之後，他竟然還會一個人，撐著傘，慢慢走回那條我們一貫生活的日常之路。

我默默聽著老鄰居的描述，心中彷彿了解了什麼我們曾經忽略的重點。

分手時，我握握老鄰居的手，謝謝他不經意告訴我這麼多關於父親散步的事。

他似乎驚訝，但接受了我的感謝。

我對弟妹們說，就不要再勸父母親搬離開老家了。

他們的腳步，早就盤根錯節了那片熟悉的土地。

過去那麼多年，在那土地上磨蹭出的腳印，早就像一座吸盤，緊緊吸住他們的生命。就讓他們夫妻倆，在那，繼續走著，繼續想著，繼續戀著，關於他們的往昔吧！

我們只要常常回去，看看他們。讓他們知道，我們也是他們在那片土地上，盤根錯節的一部分，就好。

那是他們的家。

父親母親胼手胝足建立的家，自己的房子。

沿著家，沿著房子，在四周漫步。

沿著孩子成長的軌跡，在四周散步。

雞鳴，狗吠，日昇，日落。

他們選擇在自己熟悉的世界裡，慢慢老去。

我記起來，有一天，我傍晚回去。母親一人應門。我問父親呢？她說在附近散步。也該回來了。我說，我去接他吧！

我沿路，找了一會。

見一個老人，撐著傘，腳步蹣跚。

我靠近去，從後邊喊他。

喊了第三聲，他才回頭。

黃昏了。夕陽餘暉。映在路面上，我們父子倆的身影。

17

我父親那一輩的夢裡，總是掙扎，誰也不能安慰誰吧！

我並不是很清楚，父親在他漫長的台灣旅程中，到底是怎樣的一種心思，在思索他所遭遇的人生。

他只是一個大兵。在時代的洪流中，穿上軍服，扛起了槍，被哨子嗶嗶嗶嗶，一路催著走。

他只是一個大兵。在戰場上，槍子不長眼睛，輪到誰，誰倒楣。

他不太談那些動盪的往事，可能也沒什麼特別可以炫耀的。因為國共戰爭時，他還年輕，而且只是個兵，衝鋒來衝鋒去的，他只慶幸一路還活著。

他不是被抓伕的，但他有些同袍是。

就像電影演的一樣。部隊開到村裡，順手就帶走年輕的小伙子。村子裡哭天搶地的，但槍眼下，誰能怎樣？

父親偶而淡淡地說：「只是沒想到一出來，就出來了——大半輩子啊，欸！」

那一聲尾嘆，像從心口深處，很遠的隧道裡，傳出的。

我叫他伯伯的一位父親的同鄉，常來我們家。和藹可親。話不多。一張口，非常重的湖北腔。連我這從小在村子長大，南腔北調聽慣了的耳朵，一段話裡總有幾句幾個字，是囫圇帶過的。

他就是被抓伕的。

他是鄉下孩子。如果一輩子按原來的步調走，大概不過是種田放牛，該成親的時候，娶一房媳婦，生一堆小孩，守著祖產，看天吃飯，隨政權來去，田租照繳，稅賦照納。帝力於我何有哉?!

我讀到「日出而作，日入而息，帝力於我何有哉？」的句子時，老想到我那伯伯。鄉村農家的認命，哪能像田園派詩人、哲學家，所能嚮往的那樣恬淡呢？

大時代的洪流，像轟然開來的鏟土機，所過之處，無不傷痕纍纍，徒留下生者的嘆息，對著苟延殘喘的往昔。

我那伯伯，來的時候，常帶著一瓶高粱，一袋水果，一盒餅乾或蛋捲。坐下來，沉默地笑著，摸摸我和弟弟的頭。手掌粗厚，如同砂紙。

如今回想，那不就是莊稼漢的手掌嗎？我外公也有的。而伯伯比我父親年長幾歲，算算他比我外公小不了幾歲。他是湊錢給我父親結婚的袍澤之一，但因為父親母親的婚禮，是違抗娘家的急就章。於是，同是農家子弟的他，與我外公也就從未能見面，坐下來把酒話桑麻了。

但他的手掌，摩挲過我腦袋時的熟悉感，一如我外公，無疑。

母親對伯伯很敬愛。

如兄長。

後來母親跟父親鬧脾氣，帶著我們兄弟離家出走，好幾次，都是去找伯伯哭訴討公道的。

母親會做幾樣菜，伯伯愛的。

把高粱打開，一股酒香彌漫室內。

父親與伯伯，坐著，你一杯，我一杯，有時，我聽見他們聊聊一些老友的近況。誰要退了，誰升了官階，誰走了，誰要結婚了，誰有了孩子，誰的老婆跑了。

不少我是認識的。

一瓶高粱喝了大半後，兩人會安安靜靜坐著，看我跟弟弟在一旁分餅乾。

母親忙完了廚房，會端起杯子敬我伯伯，謝謝他幫忙我們，祝福他身體健康。

母親酒量不好，但敬伯伯的時候，仰頭乾掉。

接下來，由於母親的加入，他們的話題，會轉入我們孩子的狀況，家務的狀況，以及總會不斷重複提到的，老哥啊也該為自己以後想想，找個對象結婚吧，老來有個伴啊。

伯伯也總是笑著，不怎麼回答。

有時也會說太老了，算了。但多數時間，是靦腆的，沉默的，笑著。

母親後來，在幫我洗頭、掏耳垢時，講過幾次伯伯的身世，所以我才記得一些些。

伯伯是被抓伕的，在回家的路上。

鄉下種田的孩子，家境很窮，沒受過教育。

在部隊裡一直升不上去，年齡大了以後，轉職到軍方機構，當類似打雜的職務。但他從不抱怨，不像我父親有些其他的袍澤，清醒的時候「我操他××的」，喝醉的時候「哭得稀哩嘩啦」的。

他只是安安靜靜的，微笑。

只有一次，他很情緒。

好像是中秋或端午之類的節日。

他來了，跟往常一樣。坐下來，摸摸我們孩子的頭，那時我已經有么弟了，所以他連摸了三個頭顱。

那天不知怎麼，坐到夜裡，父親跟他都還在喝。兩人漲紅了臉。

伯伯突然鼻腔傳出極為壓抑的聲調。

我望著他，他漲紅了眼睛，滿臉幽怨。

我母親也靜靜地坐在一旁，但沒有舉杯敬他，反而也紅著眼睛。

我們三個小鬼頭很知趣，不敢嚷嚷，只是在分食蛋捲。

夜漸漸深了。

伯伯那次在我們擁擠的家裡過夜，在客廳打地鋪。

父親陪他很晚。

伯伯不抽菸。父親在一旁點菸，抽菸。兩人偶爾搭幾句。

我印象很深。

因為伯伯幾乎從來沒有那樣過。

後來母親告訴我怎麼回事。

伯伯說他一連夢了好幾夜，他母親夢裡要他照顧好自己身體，她不能再等了，她要先走了。

母親一邊說，一邊啜泣。

我那時哪懂？只是看到母親噙著淚，我也感受了某種情緒因而跟著淡淡憂傷起來。

我父親與他的戰友袍澤，在漫漫不知終點的流離旅程中，是懷著怎樣一顆幽微而曲折的靈魂通道呢？

那些蜿蜒的小路。
那些喧譁的通衢。
那些滾滾的江流。
那些浩瀚的汪洋。
我父親一路走著，也許始終不明白，為何就那樣被一股洪流，逼著往前不斷的跑，不斷的跑。
他能說什麼呢？
那一夜，伯伯告訴他的夢，他何嘗沒有做過呢？
他能說什麼？
那時代，那些人，每個夜裡，都陷在掙扎的夢魘，誰也不能安慰誰吧！
誰也不能安慰誰。

18

為了家，
我們實在無法看出來父親年輕時多愛漂亮！

我父親年輕時，很愛漂亮。

他的袍澤在酒酣耳熱時，總愛這麼調侃。

父親笑著，敬一杯，彷彿默認。

從父親為數不多的年輕照片看來，他確實滿帥的。

母親會在追他的幾個官兵中，挑上父親，顯然不是看官階，不是看財富。

母親不時也會害羞，你爸當年滿帥的。

父親當年怎麼個帥法，我印象當然是模糊的。小男孩眼裡，只有漂亮姊姊和阿姨，誰在乎老男人帥不帥。但父親的帥，在他同袍嘴裡，也不僅僅是好友之間的調笑。

他們幫父親追我母親，當然見證了，他以一介大兵，最後奪標的過程。

一位叔叔說，你父親那時真愛漂亮。

沒錢沒裝扮。

一身軍服，卻想辦法燙得筆挺。

口袋裡沒錢，但一定有一柄梳子，沒事就把頭髮梳整齊。

我想像那是《阿飛正傳》裡，男主角對鏡，把濃密黑髮往後腦勺梳的動作。

假日的清晨，起了個早。把唯一最稱頭的軍服穿上，吹著口哨，把梳子拿出來，在小鏡子前，左邊梳梳，右邊梳梳，再把梳子放進口袋，對他身旁的袍澤，揚揚下巴，怎麼樣？帥吧！

然後，踏著輕快步伐，走出營區，去約會了。

他什麼都沒有，但自信滿滿。

除了年輕，除了帥，什麼也沒有的年輕狀態。

父親個頭算高。到老年，才略微佝僂。中年以前，印象中，都是直挺挺的。但我有印象以來，他都不再是很愛漂亮的男子了。

幾張我們全家出遊的老照片，他都中規中矩的樣子。有時一套西裝，有時一件襯衫。

我們小孩也很樸素。一套卡其布制服，上學穿，連出遊都穿！

我真服了我父親母親。

但，又能怎樣呢？

我父親母親都樸素到底了，孩子還能怎麼花俏呢？

還好，我父親年輕時，算帥。

很多年很多年以後，我自己半工半讀念研究所，但收入日漸穩定。

母親說，為你父親生日買一套西裝吧！

他那套，穿了很多年，裡子都磨破了。

父親在幾家成人西服店裡，看來看去，選了又選。我們孩子都累到趴了，他還在挑。

我知道他是考慮價格。

我那時有點疲憊吧，跟他說，不要考慮價格，選一套好西裝可以穿很久的。

他望望我，欲言又止。

竟然最後說，算了！

我跟母親幾乎抓狂。

都逛了一下午，最後竟然算了?!那不是白跑一趟台北嗎？

我生悶氣。在他與母親跟我告別時，我臉色應該不太好看。

父親對我說，沒關係，家裡的西裝還可以穿，拿去店裡補一下襯裡，就像新的一樣。

我還是滿生氣的。

把一個裝現金的信封袋，塞進他口袋，說錢都準備好了，不然，他自己去中壢的百貨公司買吧！

總之，我的不悅，寫在臉上。

幾個星期後，母親告訴我，父親沒去買西裝，他有點難過，因為惹得我生氣。要把錢還給我。

我按捺脾氣，打電話給父親，勸他再上來台北走走，我陪他再去逛逛，挑一套西裝，跟我女朋友見面時，可以穿啊！

他頓時開朗了。父親當了爸爸以後，他的節儉，我們都知道。

他除了抽菸，完全沒有其他娛樂。

衣服就那幾套。

平常帶我們出去，竟也會帶便當！便當是給他自己的，他總說，外頭吃不習慣。但我們知道，他是把錢省給我們小孩吃外食。

父親唯一保留的，愛漂亮的痕跡，是他染髮。

為了省錢，他都自己染。

我看過他，利用假日，在浴室，一個人吹口哨，邊吹，邊調染劑。調好後，再對著鏡子，慢慢地梳理他的頭髮。

我在國中，看他染髮。

我在高中，看他染髮。

我在大學，看他染髮。

大學之後，回家時間少了，沒機會看他染髮。

但我知道他一定繼續在染髮，不然，頭髮早就花白了！

我也於是了解，自己的少年白，原來還是有原因的。但父親終於還是在六十來歲以後，說他不要染髮了。他說老都老了，還染什麼。但我猜，應該是頭髮日愈稀疏，乾脆不染，戴帽子就好吧！

誰沒有年輕過呢？

父親的袍澤，看到我日漸成長，都愛摸摸我的頭，說愈來愈像你老爸。

父親總是默默笑著，彷彿有一丁點自得。

我望著他，心頭很複雜。

我有自己的人生，幹嘛要像他呢？

但我女兒出生後，模樣逐漸成型時，父親開心摟著她，嘴裡總說：「真像你爸爸啊～」

父親說孫女像他兒子，不就是很自得，孫女其實很像他嗎？

我微笑著。在一旁，陪著。

女娃醒了。張開眼睛，黑眼珠咕嚕咕嚕轉著，望著兩個圍著她的老傢伙。

一個是她爺爺。

一個是她父親。

歲月悠悠。多年後，她會常常跟她父親回老家看奶奶，看爺爺。

她也會在家族聚會時，攙扶她爺爺，在通往餐廳的路上，慢慢走著。

她應該無法想像，一個人可以變得這麼老！

畢竟，於她，那是很遙遠以後的事了。但，她應該要知道，原來她這麼愛漂亮，不完全因為她有個漂亮的母親，還因為，她有個年輕時愛漂亮的爺爺，有個像她爺爺的父親。

這是一個家族的故事了。

她有很長的時間，聽她父親慢慢對她說。

現在，她要做的，只是攙扶她爺爺，讓他走得更穩，走得更開心，讓他向路人驕傲，他漂亮的孫女在攙扶他呢！

19

有一天，女兒會在我衰老的臉龐上，讀取到我的愛，爺爺的愛

我女兒還很黏我的時候，我們躺在沙發上聊天。隨意亂聊。當然一邊吃零嘴。

我應該是妳們班上，最老的爸爸吧！

我塞一顆軟糖進她嘴裡。

她故作思索狀。

應該不是。有的爸爸看起來比你老。

我笑了。多開心啊，沒白疼妳。

那怎樣才叫老？

這問題，不好回答。尤其對一個小學中年級女孩。沒想到，她連思索都沒，便直接回答：「像爺爺吧！像爺爺就叫老了！」

我應該笑了很久。去跟她媽媽講，她也笑得很大聲。

欸，什麼叫老呢？關於歲月，小孩不會懂的。但關於

歲月刷過的痕跡，一重一重又一重，小孩知道，那叫老。

父親是老了。

坐在那，時不時，便打盹了。打盹，不也是關於生命的某種隱喻嗎？

我們在路上，打個盹，人生便錯過了某一站，某一人，某個可能的際遇。但我父親，有了婚姻，有了家，在路上，應該只有拚命趕路，無暇打盹吧！

父親打盹時，母親會輕輕為他披上一條毯子。

望著父親，我當然是記得他相對年輕的時候。

我記得他牽我手，散步，吃小吃。

我記得他在颱風夜，扛著我們兄弟渡過水漫的巷子。

我記得他教訓我，我跪在那一動也不敢動。

我記得他爬上屋頂修漏水。

我記得他抓起一條蛇，扔進水桶裡。

我記得爬牆受傷時，他抱著我一路狂奔醫院。

我記得他帶著我去外縣市參加聯考。
我記得他開心的拈香祭祖，為了我考上第一志願。
我記得他來宿舍看我，靦腆地說要看看這所知名的大學。
我記得他去遛狗，然後跌倒，然後動了手術。
我記得他說不敢再爬上梯子了，手腳都在發抖。
我記得他看到孫兒出生時，滿臉紋路炸開的喜悅。
我記得他打盹的次數，愈來愈多了。
我看到他衰老的過程，隨著歲月，隨著我的年長，隨著女兒的長大，一步一步的堆疊起來，像每年發一張卡。
人，不是一瞬間老去的。
每一個我記得父親的畫面，無一不是一層一層的堆疊上去。是用歲月，用我父親的勞心與勞力堆疊上去的，愈疊愈高，愈顫巍巍！
我應該也有很黏我父親的時候。只可惜那年紀的事，我差不多都忘記了。每次，我望著青春期的女兒，看她忙碌的青春裡，我漸漸流失掉自己可以參與的很多場合時，我總想到我父親，想到他的失落感，一定比我還要嚴重。

我是長子。

父母親並不偏心，我甚至覺得他們對么弟，因為他早產，對么妹，因為她是唯一女孩，都還要更為疼愛。

但我畢竟是長子。是他們見證愛情，見證婚姻的第一個見證。長年以來，我可能挨打最多，被期望也最高。我不只見證他們的婚姻，更見證了他們的貧困，見證了他們無論如何，在困乏中奮力操持那一葉在急流中搖晃前行的扁舟。

我女兒她還不會懂的。

她以為，她第一眼看到的爺爺，白髮蒼蒼，身形佝僂，摟著她的雙臂搖搖顫顫，這就是爺爺的本來面貌嗎？

我女兒貼著我對我說，你不老，爺爺才叫老時，我笑著笑著，竟然笑出一點點的滄桑感，竟然笑出一點點的眼眶泛紅。

我女兒懂什麼叫老呢？

她童稚的純真，還要持續幾年。她會在青春期以後，漸漸有她自己的朋友，自己的青春揮霍。她會漸漸發現，她的父親我，也在不知不覺中，漸漸的老了。

我的老，不會在一夕間老去的。而是在我每天送她上學，為她準備早點，陪她練單車，陪她學游泳，陪她去補習，陪她在旋轉木馬，在滑水梯的尖叫聲裡，慢慢的老去的。

她會跟我一樣，在很多年後，在很多年後的某一天，突然在陪著父親聊天時，發現他，真的老了！

老，是一種狀態。

父親反覆對我說，那時，你一直哭，因為母親缺奶水。

那時，他抱著我，在聽到炮彈「咻」一聲要飛過來時，抱著我奮力往旁邊的散兵坑跳進去。

那時，我念幼兒園了，一送進去沒一會，竟又哭著跑回來。

那時，我念了國中，我念了高中，自己一早起床備好便當，出門，從不讓爸媽操心。

那時，我考上第一志願，他拈香祭祖，高興得放鞭炮。

老，是一種狀態，必須在漫漫的人生來時路上，反覆訴說一些老人家在意的往昔。

我捏捏女兒的小手。

她有一天會知道我的老去，並不是一夕之間的。但，我很滿足了。

她的每一天成長，我都在。

她的從黏我，到逐漸把自己關進房間，關進自己的城堡，我都在。

我應該感謝我父親的。沒有他，我無法領略當一個父親的喜悅。

我應該感謝我女兒的。沒有她，我無從重新去認識我父親，她的爺爺。

老，確實是一種狀態。我們無從逃避。

然而，老，何嘗不是一種傳承？

我在父親的衰老上，輕輕撫摸著愛的苔痕。

有一天，我女兒也會在撫摸我的衰老時，在我臉龐的紋路中，讀取到，我對她的愛，爺爺對我的愛。

20

我父親已經很習慣了，他只在乎家人滿足的微笑

我有時想到父親年輕至今的神情，往往會突然驚訝，
他，我們的父親，一直都是那樣的神情嗎？

怎樣的神情呢？
很安靜的神情。
不太多話的神情。
沉默時彷彿天地間皆黯然的神情。
不太發脾氣，可是一發作卻驚天動地的神情。
聽別人稱讚孩子會一副傻笑不知所措的神情。
很想對你說些什麼卻最終問你吃飽了嗎錢夠用嗎的神情。
我們的父親，一直都是那樣嗎？

我高中時，父親偶爾會問我，將來想念什麼科系？
我回他，念法律，或政治吧！

他很憂心。還是不要碰什麼政治吧！
他似乎斟酌很久的說。
考個高考，當個公務員，安安定定。
我沒怎麼搭理他。
我漸漸長大了，我有自己的想法。
他見我不搭理，也沒再說什麼。
在我房內這裡摸摸，那裡碰碰，最後說你餓不餓要吃碗麵嗎？
我搖搖頭，低頭看書。
他默默地走出去。

他已經很難再指導我什麼了。
我考上附近幾個縣市裡最好的高中，他知道我已經有外面的世界了。
我只是下課回家，晚餐吃完，埋頭做功課，周末留在學校練合唱團，還會在一些報刊上投稿的高中生了。

父親會在我投稿的刊物上，用紅筆圈點我的文章。但他不會跟我講什麼。他知道，他的大兒子個頭已經比他高，也愈來愈有自己的外面的世界了。

我從來沒有想依照他的意思，去當什麼公務員。

不完全是個性使然，也應該是，我的成長年代，台灣提供了個人更多的選擇可能，包括政治的環境。

父親對我，應該是充滿複雜的心情。

我很多地方像他。外表上像，個性上像。可是父子關係裡，最矛盾的，莫過於，「像」這件事，剛好是青春期階段，父子最衝突的關鍵，說不定，「不像」反而是好事。很諷刺吧！

我在青春期階段，內心常常最想反抗的，是父親的保守，小心翼翼，以及喜怒壓抑的沉默。

我在青春源泉不斷湧出的那時，最嚮往的，是自由，是吶喊，是向一切權威大聲說不，說受夠了！

我在合唱團唱高音部。每次飆高音，飆到破嗓，有種泫然欲淚的爽！

平日打籃球，打手球，游泳，跑步，總要拚到累癱才罷手。有空便去圖書館，找書看。愈自由主義，愈個性解放，愈是陶醉。

從國三到高中，我瞬間長高了快二十公分。頎長清瘦的身影，飢渴的想填滿一切。

父親那時看我，應該既感到驕傲，又感覺失落吧！

他有一個可以向鄰居，向袍澤，驕傲說不完的兒子。卻同時間，逐漸感覺到，這兒子離他愈來愈遠。他想摸摸他的頭，卻發現兒子頑強的眼色，令他舉起的那隻手掌，停在空中，久久不知所以！

我是在很多年後，發現父親老了以後，才發現我的青春期竟然帶給父親很大的衝擊。

他有一個像他，卻又不斷想跑遠的兒子。但我的父親，真的一直是我以為的那樣，安安靜靜的，希望一切安安定定嗎？

父親幾乎沒什麼屬於自己的娛樂。

他不打麻將。

年輕時，看電影，是跟母親一塊的。

我小時候，他與母親，多半是在家聽收音機。後來，有了電唱機，他們在家聽唱片。我坐在一旁寫功課，於是記下了一些老歌，一些老歌星，白光、謝雷、張琪、姚蘇蓉、陶大偉。

偶爾家人出遊，也是父親任職機構的團體旅遊。一家人，從四個，到五個，再到六個，留下的全家照，彷彿見證了我們一家的變化軌跡。

而父親，幾乎是沒有什麼他個人的娛樂的。

除了抽菸，數十年不變。

但我父親年輕時，是很愛漂亮的。他沒理由，不愛去買些好看的衣服。

父親的袍澤說，他年輕時，愛看電影，愛打撞球。他沒理由，不愛跟一些老朋友，繼續去聚聚，去吃吃喝喝的。

母親說，你爸很儉省，一雙鞋一件衫，總要穿到破才肯換。

儘管我們後來常拿錢給他，帶他去逛逛。讓他買幾件衣服。但他依舊很瀟灑地說，算了，老都老了，幹嘛花錢買那麼多衣服呢！

但他把孩子給的零花錢，都存了下來，孫兒們回來時，他最開心的，是把錢裝在紅包裡，一包給孫女，一包給孫子，一包給外孫女。每個小孩拿了紅包，喜孜孜。送出紅包的爺爺外公，亦喜孜孜，寫在老臉上。

父親不會沒有自己的人生喜好，人生嚮往的。

他應該是在日以繼夜、夜以繼日的量入為出、精打細算中，消磨了年輕的嗜好，打薄了脾氣的稜角，而捶打出我愈來愈看不出他喜怒起伏的情緒指數。

那是怎樣的一種付出啊？

日以繼夜的，夜以繼日的，忍耐，克制，為了孩子，為了家。

那是怎樣的一種習以為常呢？

久了，也就忘了自己，忘了曾經有過的夢。

那是怎樣的一種人生回想呢？

我望著打盹的父親。

他在人生該有自己的考量時，忙於戰亂，忙於逃難，忙於生計，忙於為了這個家可能的未來，因而處處，時時，壓縮了自己。

父親節家族聚餐，我包了一個大紅包，塞在他手裡，要他留著自己用，不要再包給孫兒們了。但我出去付完帳，回來一看，三個孫兒們，個頭都高出他了，半低著身子，從他手上一人了分一個紅包。

父親笑著發紅包，完全忘了我怎麼跟他說的。

我父親已經很習慣，在他的世界裡，看到家人的滿足的微笑。

我們一旦笑了，他也跟著微微的笑了。

但他自己的笑呢？都被大半人生的壓抑，給壓在最深最沉的意識裡了。

這是我最心疼他的部分。

21

父親怎能不老呢？
母親說，他整天都跟著我哪！

母親在電話那頭，幽幽訴說。

她非常辛苦。

父親老了。

很多日常照顧，全靠母親。

母親說累雖累，倒還好，不過就是日常生活嘛。辛苦的是，父親太黏她。

我在電話這頭，笑了。

那不是很好嗎？像極了愛情啊！

母親啐我一頓。好什麼好，一直跟，累死了。

我一直笑。

父親老了以後，很明顯怕寂寞。

假日我們孩子們輪流回去。這個兒子媳婦，哄哄。那個女兒女婿，陪陪。母親趁空，休息，喘氣。父親也樂得身旁熱鬧。

怕的是平日，就母親父親兩人。你看我，我看妳。

母親看電視。父親在一旁，坐著，不一定有體力看，但打盹時醒來，看見母親在，他心安。

母親說要去巷子口等垃圾車，父親也要跟。他說在家心悶得慌，還是跟出去，呼吸新鮮空氣。

母親嘆口氣，在電話那端。

很累啊，他一直跟。

我笑夠了，知道母親是當真的。

於是很認真的安慰母親。

母親說，父親簡直像小孩了。

是啊，只有小孩才會一直跟著大人啊！

我是在父親的老化上，看到人生更多的圖像的。

父親向來是剛強而獨立的。

每個小孩看父親，都曾像巨人吧！

他爬上爬下，修理屋頂，粉刷牆壁。

後院抓蛇，廚房捕鼠。

颱風天，頂著門板窗戶。

淹水時，扛著兒子，搬著家當。

四個小孩，都輪流爬上過他的臂膀，感受被父親寵愛的特權。

我是長子，高中以後，在家的時間便不多了。

小時候，心中老是不平，環境都這麼窘迫了，幹嘛還要一個孩子接一個孩子的生?!搞得大家都過得辛苦。

等我離家之後，回來，看到么妹斜依在父親身邊，不時嬌滴滴的撒嬌，我還真慶幸有個小妹在家裡，彌補了我們兄弟漸次離家後，父親母親的孤單。

父親是漸漸老了。

我是長子，我都走過了三十，走過了四十，走過了五十，他怎能不老呢？

我兩個弟弟，也在為他們三十慶生，四十慶生，五十慶生，蛋糕上插滿了蠟燭，我父親怎麼能不老呢？

連我們最小的么妹，父親都挽著她，走紅毯，結婚了。父親還因為她的女兒出生，晉升一級成為外公，而外孫女都長得不比他矮了，他怎麼能不感覺自己老了呢？

但我父親，畢竟是軍人出身。

他頑強的，抗拒自己變老這個事實。

最明顯的，是他始終不肯用手杖。

我們兄弟這幾年不知為他買了幾根手杖了，他從來不用。

有的，轉送他的老友。有的，不知擱在哪，不見了。有的，仍舊靜靜矗立在房間的角落，不知何時有可能派上用場?!

父親的膝蓋，摔過跤之後，就沒有以前好了。但他在很長一段時日裡，依然每天維持出去散步運動，或隨意走走的習慣。

他畢竟還是個，軍人出身的，老人家。

我們勸他，帶根手杖吧。預防跌倒。

他搖搖手裡的黑傘。也搖搖頭。

我們又勸他，帶根手杖，可以趕野狗。

他晃晃手裡的黑傘。這根夠了。

我們繼續勸他，帶根手杖，堅固安全。

他拿起手裡的黑傘，撐開給我們看，哇，弟弟喊「五百萬的保險呢！」（只有老派人士記得，那是一個保險廣告。）

父親很得意，收起傘，說下雨天還可以用。

於是，他直到現在，九十五歲了，出門，還是帶著一把黑傘。當手杖，當雨傘，當他維持一個老人不老的門面。

但我父親怎麼會不老呢？

他的軍中袍澤，幾幾乎走光了。

最近一兩年，他的老友，曾經抱過我的幾位叔叔伯伯，走的時候，我們甚至不太敢告訴他。

母親都告訴我，你去代我們致意吧！

我當然會去。

他們都是曾經抱過我，捏捏我臉頰，給我壓歲錢，牽著我手，看勞軍電影，扛著我跨坐他們肩膀，越過擁擠人潮看動物園老虎的叔叔伯伯們。

我沒理由，不去送他們最後一程的。

我父親怎麼會不老呢？

兩年前，他最後一次我們陪他去參加的袍澤葬禮，他是撐著黑傘當手杖去的。

我們兒子陪著他。怕他太難過，也怕他跌倒。么妹照顧母親，緊跟在後。

那位伯伯是我們家的恩人。

是看父親母親從戀愛到結婚，從兩人到三人，到四人，到五人，到六人的見證。甚至，還看了我么妹當母親，我結婚生女，我弟弟有了兒子。

伯伯見證了我們一家人走過的路。於是，我父親堅持要去，送他最後一程。

我們沒有阻攔他。

我們知道，他是他的兄弟。他非得去送上一程不可。

他們是人生從倉皇渡海，到艱困落地，彼此打氣，而後在這個亞熱帶島嶼度過他們一生的相互見證。

他怎能不去送他。

父親那一天，出奇的平靜。

葬禮很簡單。因為伯伯子然一身，一個人來台灣，也一個人葬在台灣。

要送往火化場前，我們勸父親，不要去了，要走一段路，陽光炙熱。

父親搖搖頭，沒說話，撐著黑傘，就隨著葬儀社的推車走。

我們只好跟上。

父親慢慢地走。

葬儀社的人刻意放慢腳步，讓父親跟上。
要火化前，他們讓父親趨前，看最後一眼。
父親默默的，什麼也沒說。
也許，千言萬語，都在他的心頭翻攪吧！

父親怎麼會不老呢？
他的老友們，一個一個走了。
母親最了解父親的老。
至少，他已經沒法再跟母親高分貝吵架了。
他只能緊緊跟著母親，看她走到哪，便試著緊緊跟到哪！
他像個孩子了。

22

父親不知道，

他不自覺的給了我最好的禮物

我愈來愈相信，虧欠父親的，一定很多。

父親教育程度並不高。或許，這是他的遺憾，也是他何以那麼重視我的教育的原因。

但，他從來不強迫我，一定要念什麼。

依我們家經濟的困窘來看，他大有理由要求我讀很實用的科系。但，他沒有。

從我那年代，男孩一窩蜂都走理工科的路來看，他也可以順著村子裡大多數家庭，對男孩的期許，要求我選理工。但，他也沒有。

我們眷村，當時一般階層的家庭，若不是那種什麼將軍世代的，為了減輕負擔，會鼓勵男孩念軍校。甚至在三軍幼校階段就送兒子去的，在所多有。但，父親他，依舊沒有。

父親只是在我很小的時候，會透露出，他因為時代戰亂，家境清寒，而無法念書的遺憾。也會跟母親一樣，不斷的提醒我們，如果能念，就努力念，父母親會盡全力支撐我們的。

我不敢說父親是很努力進修的人，但他轉任後勤單位，變成坐辦公桌的上下班人士後，他一直在工作崗位上，是被長官倚重，被同事敬重，被他處理事務之對口單位的人，不敢輕忽的人，這是事實。

父親都說，學歷不高，階級不高，很容易被人瞧不起。所以，一定要自己先瞧得起自己。

印象中，父親並不是常常手不釋卷的人。但他很愛讀報紙。或者，讀雜誌。

他讀過的報紙雜誌，會用筆劃線。他讀得很認真。

我從小喜歡閱讀。

他應該是很得意的，因為他總愛說，他帶我讀報紙，讀雜誌，我愛閱讀是因為他。

我都是笑笑地回應他，心裡卻未必同意。

哪個兒子，會在青春期時候，承認自己是依照父親給的模子打造出來的呢？

但我清楚，父親在我高中時，到我放一些課外書的書架上瀏覽時，常常會翻翻之後，便沉默地走出去。我不知道他的心裡在想什麼，也許是既驕傲這兒子讀這麼奇怪的書，又感嘆他已經完全跟不上自己心愛兒子的步調了吧！

那時，我的小書架上，已經堆放不少詩集、哲學、政治的書籍了。

年歲愈長，我愈能感謝父親對我的教育方式。

他確實希望我書讀得好，可從來也沒在乎我是不是名列前茅。

我猜想，是他自己書也沒念多好，於是，只要我肯念，他也就不那麼在乎成績了。

我的依據是，我從小到大，很少在班上拿前幾名。而小時候印象深刻的幾次被父親揍的經驗，多半不是因為功課不好，而是調皮搗蛋過了頭。

所以，我就是屬於在中間位置移動的中等學生吧！不那麼好，也不那麼差。但，我讓他覺得還算驕傲的是，我的作文，我的演講，我的辯論，常常可以上檯面。大概如此吧，他對我雖嚴厲，卻不是非要成龍成鳳的那種嚴厲。

我因而享有了很多一般小孩少有的自由時間，做我自己喜歡的事。

要說有什麼我自己的遺憾，那是在我念大學，念研究所時，發現不少同學真的很聰明，很博學，語言能力真的很強。而他們往往告訴我，他們父親母親的要求很嚴，奠定了他們的起跑點很超出一般同學。這，真的就不是我父親母親所能企及了。因為他們也真是不知道該怎麼引導我的方向。但我何嘗不就因為如此，而享受了很長一段時日的自由自在呢？

我可以隨意讀自己喜歡的文學、哲學、政治之類的書籍雜誌；我可以在假日跑到鄉下同學家的魚池，釣魚游泳烤地瓜；我可以跟父親說要去台北看書展他便讓我獨自亂逛一個周日；我可以躺在院子破藤椅上悠遊於翻譯小說或詩集的世界裡久久不回來。

我父親只是看著我在讀書，他便若有所思的，不管我了。

我沒有被逼著，念了理工而懊惱。

我也沒有被逼著，要選有出路的科系。

我也沒有被逼著，非要當公務員穩定上班不可。

多年後，我女兒也到了國中、高中的階段。她同樣在升學明星高中的推力下，被逼著很辛苦。我對她說，妳父親從小功課都普通。但我並不辛苦，因為我有很多時間，看雜書，逛悠閒。爸爸不要妳功課多好，妳只要能輕鬆應付，成績過得去，有自己的餘暇做自己喜歡的事就好。

女兒睜大她美麗萌萌的大眼，望著我，不知她到底聽懂了沒。

但她會懂的。

如果有一大片空曠的原野，可以馳騁；有一大片知識的森林，可以閒逛，人生還有什麼好不滿的呢？

人生那麼長。人生可以走的路，那麼多。

有一天，我女兒她會懂的。

我父親沒什麼好的、特殊的教養理念。他揍我的幾次，都是我調皮搗蛋到，他隱隱擔憂我會變成小太保、小流氓，才狠狠出手揍了我。

他應當是很後悔的。

我是他的長子。是他孤零零來到台灣，認識我母親，決心要在這個島嶼上，結婚生子有自己的家的第一個孩子。

他把我名字裡按一個「萍」字，意味了，他的漂泊生涯，浮萍一般的人生，在這裡落地下錨了。

他怎能不愛我？他怎能下手狠揍我呢？但他又是那麼憂心，我在人生起跑路上跑叉了方向。我可是他第一個孩子啊！

我一直很感謝他。

他以他也未必充分理解的寬容，給了我一條極為寬敞的跑道，自己去闖蕩。

我的女兒將來也應該懂。我父親對我的寬容，一如我對女兒的寬容。我們沒有什麼好傳家的，除了讓孩子感覺愛，感覺前方有無限的可能！

23

那麼巧，
我們父子都在額頭上留下共同的記憶之痕

父親老年以後，像個孩子。

常常在我們孩子們回家聚會之後，要臨去前，流露出極為不捨的表情。總是堅持送我們到門口。

體力不好，但不甘心寂寞，他不時在我們閒聊時，會偶爾漫無邊際的插進來幾句話。

有時，還真漫無邊際的，我們沒人懂，他為何插入這一句。

有時，我母親，我和弟妹，會乍然連結他那一句話，到以前的，很久以前的某些場景裡，於是，我們便知道他的老人思緒，跳躍的，回到某一年某一日去了。

至於，為何要回到那？也沒法知道。因為有時連結得太突兀。

我們有一次正在聚餐。

他沒頭沒尾的，拋出一句，那時對你太兇了。不應該把你吊起來打的。

我們兄弟你看我我看你。一頭霧水。

么妹說，爸講的是大哥還是二哥？

我們兩個哥哥笑了。好像都被痛扁過吧！

母親很有把握。指指我。

我當然記得父親扁過我。可是我真的忘了為什麼。

母親說，小一時，把人家頭打破那一次啦。

我依稀記得。

下課了。兩個班械鬥。我衝出去，拿了飲料瓶狠狠砸出去。碰，一聲哀叫，隔壁班一個男生頭部中彈倒地，血汩汩冒出，打群架的人一哄而散。

我被校方通知家長。

父親氣到抓狂，回家痛扁我一頓。

的確是吊起來打。

眷村的房舍，有屋梁。

父親拿了根麻繩，懸上去，把我捆綁吊起，嘴裡一直罵，你這麼小就想當流氓是不是？

我乾脆打死你，免得將來丟人！

那頓打，驚天動地。

鄰長，鄰居，都來勸父親了。

父親打完我，氣得跑去院子，一個人在那抽菸。

母親在鄰居幫忙下，把我卸下來，邊流淚邊念我。

那年暑假，我轉學了。

從以村子裡小孩為多的小學，轉到街上本省客家小孩為多的小學。

從此，我雖也打打架，但打得少很多了，而且被打的機會多。外省本省小孩的比例懸殊，我不可能經常一打多，而且時間一久，打成一片都打出了同班同學的感情了。

父親並不常揍小孩。

只是，偶爾氣炸了，動起手來，像颱風像颶風，是滿嚇人的。

我印象深的，反而是我受傷，他又急又氣的模樣。

一次，是被機車撞。

一次，是偷芭樂意外被牆頭碎玻璃劃傷手掌。

都是小學低年級的記憶了。

全家難得要上電影院。我跟弟弟高興得一路雀躍。母親在後頭一直提醒，但還是出事了。

我興沖沖，出了村口，往對街跑，母親在後面大聲喊過馬路小心，我跑在路中央回頭聽她叫我幹嘛，一輛機車衝過來，碰，我倒在地上。

迷糊中醒來，已經在醫院了。

一個陌生男子，滿面憂戚，是他撞到我。

還好，沒有腦震盪，醫生不放心，讓我在醫院住了兩天。

聽說是父親扛起我，焦急的往醫院跑。

我醒來，他站在床邊，眉宇間有了一絲絲笑容。但我額頭上，留下一道疤痕。父親很氣。

我倒是很開心。因為那人接連兩天送蘋果來。蘋果啊！那年代可是最高級的水果了。

蘋果的滋味啊——不生病，不受傷，哪有機會吃到蘋果的滋味啊！

偷芭樂受傷的事，比較扯。

父親母親假日起得晚。

周日清晨，我們兄弟跟鄰居，跑去鄉下果園偷採芭樂。翻牆進去，被狗發現，狂吠追趕。我再翻牆出來時，一手撐在牆頭，被上面矗立的防止攀越的碎玻璃，從手腕到手掌心，直劃出十幾公分的傷口，鮮血直流。我脫下汗衫，包住手掌，跑回家，弟弟已經嚇得面如土色。父親被驚醒。看我整隻手掌鮮血淋漓，一聽，竟然是去偷採芭樂，氣得當場一巴掌打來，我還來不及哭呢！他便拿起枕頭套，把我的手掌包裹起來，隨即抱起我，往醫院狂奔。

一路上，我們父子沒說話，只聽他一路喘息與嘆氣。

這回沒住院。但打了破傷風針。由於手掌受傷，梳洗不便，讓我母親連續幫忙洗澡好幾天。

我父親揍我，倒沒留下什麼記憶，更沒留下傷痕。唯獨這兩次意外，一次在眉毛額頭處留了一道疤痕，一次在手掌手腕上劃下縫了十幾針的疤痕。

要說破相，我早就在童年時期，破了不知幾次的相了！

多年後，父親有時突然會望著我，我問怎麼了，他會伸手，往我臉上摸摸，說那次車禍的傷不見了。我會指指眉頭，讓他碰觸隱藏在眉毛裡，突出的一道糾結的肉瘤。

當他注視我時，我的視線也剛好可以看到他的額頭上，那道在金門八二三躲炮彈時摔倒在溝壕裡的疤痕。

還真巧。像注定是父子一樣，我們都要在額頭上，留下一道位置相近的，破相的疤痕。

日子一天天過。

日夜交遞。每天有太多的事，我們不可能記得所有。但真正活過的日子，是那些我們總會不斷想起，不斷去重述的日子。

父親會在老年以後，精神狀態不很好的時刻，腦海浮現他生氣揍我的畫面，那是他老來向我表示昔日懊惱的致歉。

而我，會記得他在我受傷時，滿臉焦切，卻強壯得可以把我抱起扛起，一路奔赴醫院的英姿。這何嘗不是我做兒子的，對昔日父親恩情的永恆珍藏呢！

父親老了。

我也跟著老了。

他額頭上的疤，我額頭上的痕，我手掌間被他緊緊包裹的被縫了十幾針的傷。都將在我們父子情誼上，見證我們連結在一起的命運。

老，怕什麼?!

沒有愛的記憶，才叫老而孤獨。

24

我喜歡父親顫巍巍的，以一種「父親的姿態」寬容了我

父親老了以後，體力精神不濟，我們父子交談的時間次數都少了很多。

有時，吃完飯，他想抽菸，我怕他跌倒，攙扶他去戶外。又擔心他一個人，站都站不穩，萬一跌倒。於是乾脆就陪他站著，等他抽完菸。

他真是老了。

站在建物蔭蔽的角落，全身顫巍巍。起個風，都覺得他會被風吹倒。連點菸，這輕易的動作，他都點得顫巍巍了。

我不抽菸。

我陪他抽菸時，他會示意，要我離遠一些。我的確會站在稍稍遠一些，或上風處。

靜靜的，等他靜靜的，抽完一根菸。

我望著他。再望望天際，有時陽光，有時陰霾，有時悶炙，有時寒涼。

父親就這樣，沿著他的生命軌道，一天天的走過年輕，走過中年，走向老年了。而且超老了。

我望著他，夾菸的手指，如枯萎的樹枝，指甲灰白，把菸遞向嘴脣時，手微微顫顫。若是在晚餐之後，室外幽暗，他吸菸時，菸頭一明一滅，裊裊的菸霧，往上輕輕飄散。

我老想到小時候，他睡不著，就那樣在暗夜裡，抽菸。一明一滅，一滅一明。

陪他在戶外抽菸，他自己會解嘲，一把年紀，什麼都戒了，就剩下這個。

他揚揚手指間的菸。

戒不了啊！他自我解嘲。

也因為他沒什麼嗜好了，我們孩子都勸母親，隨他抽吧！都一把年紀了，擔心什麼呢。

父親僅剩這小小的嗜好了。

印象中，他沒什麼娛樂。

也許還在上班的時候，跟同事們可以聊聊天，喝杯茶，午休時刻，走到辦公室外，一塊抽菸，曬太陽，試試年輕同事的新摩托車。有人帶了相機，喀嚓，喀嚓，留下了幾張照片。

讓我們子女可以一窺父親在未退休前，中年之際，大概的一些上班生活的模樣。

他看起來疲憊。但，似乎還算開心。

但，他始終是沒什麼娛樂的男人。薪水就那麼一丁點。還要靠母親居家做零工，或出門去工廠上班，貼補家用。他倘若還有一些想要的額外娛樂活動，等於是壓縮我們生活的開銷。到頭來，他更辛苦。

他被迫，只能享受一點點吸菸的嗜好吧！

雖然，他一個人坐在那，站在那，孤零零吸菸的神情，看來也並不怎麼快樂的樣子。

他比較尷尬的是，他同時要我們小孩不抽菸，但他自己就是壞的示範。

我沒有養成抽菸的習慣，還好。但兩個弟弟，相繼還是抽了菸。

有時，我望著他們父子三人，站在室外抽菸，會覺得畫面很突兀。

可是，看著看著，卻也心頭一陣溫暖，還好兩個弟弟偶爾可以陪他抽根菸，讓他不至於覺得連最後保留的一丁點嗜好，也顯得孤單。

我寂寞的時候，會選擇讀讀書，出門跑步，一個人逛逛畫廊，去書店翻雜誌。

我應該感謝我父親。

在他中年以後，每每心頭落寞，或想跟我聊聊天時，看我坐在那讀書，他也許便取消了心裡想說話的按鍵，默默坐在一旁，或走出戶外，一個人抽菸。他不能打攪他逐漸長大，愈來愈有自己心思的兒子在書的世界裡周遊的權利。

多年後，我望著他顫巍巍的身軀，默默的抽菸時，總回想起那時他轉身，走向室外抽菸的身影。當下我不是沒感覺。但我總想，我很忙，我忙著衝向未來，我忙著在知識浩瀚的汪洋中奮力泅泳。以後找時間，再跟他，跟我父親聊吧！

就這樣，過了他的中年，他的初老，他的高齡。而我，卻依舊發現，我很忙。

我忙於自己的家。

我忙於女兒的誕生。

我忙於夫妻之間的摸索前進。

我忙於自己在走過青年之後，踱入中年，踱步初老的慌亂。

我再回頭，還好，父親仍在。

他老皺的臉龐，仍笑著我在小時候看到的笑容，仍念著我年輕時聽到的喃喃：「有空常回來吃飯啊……」

我突然發現，我對女兒也在叨叨絮絮著，怎麼不跟爸爸多說一些話呢！說這些話時，我父親的笑容，浮在腦海。說這些話時，我女兒的神情，覆在我青春期時的臉上。

以前，我對父親與我的疏離，都解釋成「這不就是人生的必經歷程」嗎？然而，當女兒也給我有著淡淡的「好啦，不要再說啦」、「怎麼你會不知道呢」的回應時，我都因為想到了父親，想到了他默默走出我身旁的背影，而能讓自己默默的接受，原來這也是一種人生的體悟呢！

於是，我遂閉起眼，仰頭且深深吸一口氣，再緩緩吐向空中。那瞬間，原諒了女兒的青春期。那瞬間，告解了我對父親的粗魯。

父親依舊頑強的，進入他人生的第十個十年。

依舊撐著黑傘，顫巍巍的，在住家附近，慢慢的散步。

依舊在家裡的樓梯間，上上下下，自己刷牙洗臉洗澡。依舊吃母親為他烹調的餐食。

依舊在飯後，要走出戶外，抽一根菸。

他顫巍巍了，卻讓我們看到他顫巍巍的生命力。

疫情期間，他堅持要戴口罩。

堅毅的程度，簡直可以去幫衛福部代言了。

我喜歡回家看他時，大聲在他耳朵旁問安。

我喜歡他看著我們全家回去時，臉上露出的，老人紋路的綻放。

我喜歡我們要離開時，他堅持站在門口，等我的車，像閱兵部隊一樣，從他面前緩緩駛過。我搖下車窗，我，女兒，妻子，向他揮手。

他老邁的臉上，微微露出一種自得。

雖然，仍是顫巍巍的，卻是那樣的屹立著。

25

我們不會懂的。父親他們吃的，是回不去的往昔

如果，父親一路走來的人生，可以用一些比喻的話，我不會說他走過的是大江大海，因為，他太平凡了。平凡到不過是那幾十萬部隊，或上百萬飄零者中，極不搶眼的一位。

年紀關係，他應該沒有參加太多的戰役。只是隨著潰敗的部隊，一路潰敗，保命而已。

他待在中國大陸的時間，頂多只到二十出頭。之後，便跟著部隊渡海，移防，來台。

跟著部隊在北部，不斷移防。

在夏日悶熱，冬日濕冷的北台灣，一晃十個年頭。直到遇見母親。

最好的隱喻，應該是，他就在茫茫大地上，不斷地走，跟著一群群潰敗的部隊，一直走。如行進中的蟻陣，跟在

隊伍中，是一種本能的求生意志。

因為年輕，不覺得苦。

因為年輕，不覺得離家，是永遠。

因為年輕，夜裡思鄉想家的幾個年輕袍澤，可以喝點高粱，互吐心曲，然後倒頭呼呼大睡。

月，在天上高掛。

父親睜著眼睛，望著他在故鄉，亦曾眺望的月光。他不知道，這月光千萬年來依舊，但他將在這島嶼上，繼續眺望數十年。繼續眺望到他老去。

這是最好的隱喻了。

床前明月光，疑是地上霜。

他在暗夜裡，睡不著時，可曾這樣疑惑過呢？

我猜想，不會。

他不是詩人，也沒有像詩人那樣，詩意一般的，表達過什麼如歌的行板。但我後來，讀到詩人瘂弦的詩句，〈紅玉米〉，尤其在紀錄片裡，聽到老邁瘂弦的滄桑朗讀，一下子懂了。父親，雖然不是詩人，但他內心，應該始終都像詩人心中的意象一般，始終纏繞於心。

你們永遠不懂得
那樣的紅玉米
它掛在那兒的姿態
和它的顏色
我底南方出生的女兒也不懂得
凡爾哈崙也不懂得

父親的故鄉，在長江偏北，是米食麵食都吃的。來台灣，吃糙米飯，於他不是難事，反倒容易勾起故鄉的聯想。但從他後來教我母親做臘肉，醃香腸來看，他腦海中，一定也有類似屋簷懸掛紅玉米的意象。但他不是詩人。他無法像詩人那樣，詩意一般的，把內心的意念，完整鋪陳出來。

於是，我們孩子，只能以為他是沉默而寡言的。

但他教了我母親，做臘肉，醃製香腸，揉麵團，把蔥花像雪一樣，灑在鋪平的麵皮上，再摺疊起來，然後再壓平，再撒一層鹽一層蔥花，做成蔥油餅。

那些工法，那些程序，難道不像一種儀式嗎？

一種缺了父母在場，但仍要教會台灣媳婦做出彷彿公婆在場的製作家鄉味的儀式。

我母親超厲害，一學就會。甚至後來完全主導我們家的伙食風格。典型的客家精神，迅速融入環境，但堅持自己的底蘊，卻也完全的眷村眷屬風格。大江南北，各路菜色，她若有心，也一學就有模有樣。

年輕的母親，不一定能懂父親飄零者的心情。

對母親，離家或者也有不得不然，但家總在不遠處，看你回是不回。但父親，卻只能在年關時刻，憑著手感，憑著食物入口化為思鄉淚的那份錯覺，讓自己回到故鄉，回到童年，回到他無法與妻小分享的過往。

母親不能完全懂。

我們做孩子的，又哪裡能完全懂呢？

我們只是很開心的，吃蒜苗臘肉，吃牛肉丸子火鍋，把沾滿飽滿台灣米粒的珍珠丸子，一口塞進嘴裡咀嚼。我們兄弟一邊吃切片薄薄的香腸，還彼此交換壞壞的眼神，因為這些香腸早在吸收天地精華可以熟成入口之前，已被我們兄弟隔個幾天便偷吃它一條，吃得開心無比呢！

我們吃得開心。

父親當然開心。

多矛盾啊——

滿桌食材，引人思鄉。怎麼忍心一下子吃乾抹淨呢！但看著他與台灣客家妹結合後，生下的孩子們狼吞虎嚥，他怎能不打從心底快樂呢！

漸漸的，顫巍巍的父親不太能進廚房了。

但他的口味，經過這麼多年的不斷調和，與其說，還有他早年故鄉的口味，還不如說，已經是我母親為他調理出的「我們家之味」了。

近些年，我們每次出門吃飯，父親因為牙不好，胃疾多年，口味清淡，都是自帶餐食出門，當然都是母親為他調製的。

老年以後的父親，大概對故鄉的口味，也被我們一家眷村式的大雜燴，給調和出了適合他口味的家常風格。不過，某些根深蒂固的習慣，是改不了的。

他有時，一碗清淡雞湯，搭一張蔥油餅，或一個白饅頭。稀里嘩啦，吃完喝完，一副飽足感。

出外，再好的餐飲，他也只需一碗牛肉麵。

多年前，我認識一位在大樓當管理員的長輩。

經過那，總跟他聊幾句。

他是打過仗的。幹到中校。但他退得早，終身俸一次領，為了養老防無聊，他必須找一份工作。

大樓管理員一幹幹了十幾年。

有時，我中午前後經過那，看他正在吃午餐。

他笑笑，自己出門前準備的。

一顆荷包蛋，兩張大餅，夾著大蔥，外搭大保溫瓶的濃濃烏龍茶。

他隻身在台。自己照顧自己。

問起我的家庭，屢屢嘆氣地說：「你父親好，你父親好。」

幾年後，我因為自己的生活變遷，不在那棟樓附近走動了。

再隔了幾年，剛好路過，一時興起，進去看看，整個大樓換成穿制服的保全人員了。沒人記得他。

想起來，也許一如他說的，老得做不動時，瀟灑去榮民之家吧。

我看到父親老了以後，有時跟我們一塊吃飯，總是強調，不要考慮我，很簡單的，一碗牛肉麵，一盤蒸餃，就可以了。但，我們全家剛好是在西餐廳，或吃合菜套餐啊！

難怪，母親乾脆自己做，做好帶出去。我們吃我們的，父親吃他習慣的。

老詩人瘂弦寫得好。

你們永遠不懂掛在那裡的紅玉米。
它們在風裡搖晃。
它們是記憶裡的童年風鈴。
父親那一輩，是來自遙遠的土地。
而我們，這些南方亞熱帶島嶼上誕生的一代，不會懂的。
我們只是吃得很開心。我們吃的是美食共和國。
而他們，我父親，那中校管理員，吃的是記憶。是往昔，回不去的往昔。

26

他理應讓我們兒子孫女攙扶他，在力不從心的路上

父親老了以後，坐久，起身，往往需要攙扶。
若路不平，或稍稍走久，最好也要攙扶。
從他不願意拿手杖，只拿黑傘代替來看，他應該也很不願意讓人攙扶。

他少年離家。
他軍人出身。
他當一家之主慣了。
讓人攙扶這件事，意味著，他老了。老到不能再像以前那樣。
但，他怎可能再像以前那樣呢？

日本導演是枝裕和的電影，《橫山家之味》裡，男主角阿部寬與醫生父親，向來處不好，代溝齟齬。尤其在原本

可以繼承父親志業當醫生的哥哥，因為救人而溺斃後，男主角就認為父親心中一定是希望「死的應該是他」，而非哥哥。

這心結，橫亙於父子之間，久久無法化解。父子關係更糟糕。

但他在一年，回家弔祭哥哥忌日的那天夜裡，老鄰居突然發生意外，他父親在救護車抵達後，拖著老邁身軀在一旁焦急，想要給醫護人員一點建議，卻被年輕醫護嫌這老人家礙手礙腳的，滿臉不耐。

那一瞬間，男主角突然同情起他的父親，也突然感受到他父親的確已經是一個老人了。他似乎也能體諒，父親嚴肅的面容下，有著一個脆弱的、力不從心的老人靈魂。

那一幕，很感人。淡淡，幽幽的，並不濫情。卻讓父子緊繃的關係，似乎有了打開窗口，窺見藍天的細縫。

男主角那一瞬間，想攙扶他的父親。

沒有一位老父親，還能像以前那樣的。

我父親，也是。

我們的父親，都會老去的。而且，不是在一瞬間。
是在淡淡悠悠的歲月裡，逐漸老去的。

我念大學時，父親與母親，曾經扛著一袋新打造的棉被，兩人從老家出門，走一段路，搭火車。
到了台北。
轉搭公車，到我念的大學那站下車。
再從側門，進來。
沿著一條小路，找到我的宿舍。
他們敲門，我們室友抬頭，一對中年夫婦，扛著一袋棉被，帶著一些水果、糕點，笑咪咪的，走進我的宿舍房間。
我應該是有點尷尬的，起身，向室友們介紹。
室友們很開心，分食糕點水果，跟我父母親閒聊。
換好新的被子後，父親再把舊的棉被裝進袋子，說帶回去洗乾淨，下次再來替換。

我帶他們到校外餐廳吃麵。

父親問我，錢夠用嗎？住宿舍還習慣嗎？

都是一般父子關係，會問會答的一般問題。然後，便是一陣的沉默與尷尬。多虧了母親在其間，講一下眷村的事，聊一下外公外婆的事。

吃完飯。

我說帶他們逛逛校園。

父親點頭。

我們仨人，在椰林大道上走走。

父親說，校園真大。

我說是啊，全台灣最大的校區吧！

逛完校區，陪他們去搭公車。

父親堅持要扛著棉被袋子，不肯讓給我。說不重不重。他大概是怕我在校園裡，扛著棉被袋子，不好看吧！

公車啟動後，父親母親隔著窗，跟我揮手。

我往宿舍走。

口袋裡有一疊鈔票。父親說，留著，當零用錢。

那時，他多年輕啊！孔武有力，還能爬上屋頂，登上梯子，修漏水，油漆天花板。女兒出生後，父親的狀況就不是很好了。

我晚婚，晚有女兒。

孫女誕生時，他已經近八十了。

搖搖顫顫的，到醫院來看孫女。

隔著玻璃窗，我們指著那幾個娃兒中的一個給他看，他笑呵呵的，很幸福地笑著。

臨走，塞了一個紅包給我。

我推回去。他推回來。說不是給你，是給孫女的。

他推回來的手掌，布滿老人斑。

顫巍巍的，青筋畢露。像一隻爪子。女兒滿月後，他來家裡，抱著孫女，一張老臉，笑出了蓮花。直說，漂亮啊——漂亮啊——

我是很緊張的。

他年紀大了。體力不好。抱一個嬰兒，也沒法像中年時扛被子袋那樣，一扛可以扛大半天。但父親抱著女娃兒，在我們家客廳，來回輕輕走著。

他腦海中在想什麼，我不知道。他只是一直抱著，不時看看孫女的閉著眼睛睡覺的臉。

父親離開故鄉時，也許以為就那麼些年吧，時局一安定，他出外闖蕩一有些成就，理應是回去的。又或者，他確有一些闖蕩江湖的飄盪的心，但他卻從來不曾在地圖上，預先標示過台灣這個亞熱帶島嶼的座標。

於是，當他在近八十的人生渡口上，抱著我女兒，他的第三個孫兒輩時，他心中一閃而過的畫面，應該是快速的倒帶吧！

他已經有十二個家族的成員了。

他的客家妹妻子，一路陪在他的身旁。

他的三個兒子，一個女兒，相繼在桃園楊梅這個地方，一一誕生，長大。

他的兒女們，娶了妻，嫁了夫，三個小孫兒，紛紛來報到。

他曾經一個人，在移防的路程中，仰望星空，不知前程如何。

他卻在人生要八十的渡頭上，身旁圍繞一群唧唧喳喳，回家過年的家人的嘈嘈切切的喧鬧中，不時打起盹來。

但，他的內心，是很安穩的。

打盹醒來，我們都在。

打盹醒來，小孫子小孫女，圍著他，唧唧喳喳。

那還是他，近八十的時候，而今，他都九十五歲多了。

他還是會打盹。但醒來，我們都在。

而且，孫子孫女，個頭都超過他了。

而且，他很放心。因為，醒來的他，我會輕聲告訴他，父親，我們要出去走走囉。

他迷濛地睜開眼，伸手拿起雨傘。

雖然，不免身軀顫抖，但他將會很開心地站起來，慢慢往外走去。

因為，他的兒子，他中年時，扛著棉被袋子，送到宿舍去的，那個大兒子，會攙扶他。

而他的孫女，那個他老年時，隔著嬰兒室玻璃窗，專注盯著的孫女，也會在一旁，攙扶他。

他一個人來到這島嶼，是人生的意外旅程。

但，一家子十二個人，喧譁熱鬧的，過節聚餐慶生，則是他並不意外的人生果實。

他理應享受那樣被兒孫攙扶，再走一大段人生路的權利。

27

父親娶母親時，

不可能預料到，他的小舅子後來名聞遐邇

父親應該也沒想那麼遠，關於他認識我母親，決定娶她為妻子時。

那時，他已經來台灣七八年了，並不長。

比起他的同袍，還相信可以反攻大陸，然後又耽擱十年，二十年的，他算是下決心下得很早的。

他要三十歲了。認識我母親時。

這決定要有勇氣的。

公然以行動，宣示了自己要娶台灣客家姑娘，落地生根。某種程度上，他是在跟以往告別的，回不去了。

然而，我母親那邊的親人，卻不一定這樣想。

你一個三十歲的外省兵，娶了我們客家的姑娘，將來要帶她遠離故鄉嗎？

何況，在光復後，外省人，還是軍人，與台灣社會的摩

擦、疏離，一直都在。可以想見，我母親那邊的長輩，不肯點頭，是必然的。

但，愛情既然能讓羅密歐與茱麗葉死生相許，能讓梁山伯與祝英台齊赴黃泉，又豈能阻擋我父親母親的堅定意志呢？

母親決心要不顧家庭反對，一意私奔了。

反正，她是那年代很早出外工作，獨立賺錢養自己的女性，家裡同意不同意，不過是形式問題。實質上，完全沒有任何擋得住的意義！

她與父親死生相許了。

父親部隊移駐哪裡，她就跟到哪裡。

很快的，她懷了我。

母親那邊的親人，並不是都反對的。外公或許心頭生氣，外婆是不捨女兒的。

我母親的大弟弟，當時念高中，他是一直贊成這門外省客家的聯姻。他支持自己的二姊。也支持婚姻跨過族群的隔閡，而有它最美的出路。

他就是我的大舅。

母親那一輩，十個姊弟。母親排行第二，上面一個姊姊，之後五個妹妹，三個弟弟。大舅排行老三，跟二姊，我母親，從小最親。母親被送出去當養女，他深深不以為然。母親認識父親，被長輩反對時，他大力支持他的二姊。

我小時候，這位大舅還在念大學，常常抽空來眷村探望我們。

來的時候，母親會下廚，做飯，款待他。他則與我父親，坐在那聊天。如果時間夠，父親會做幾張蔥油餅，母親會包一些水餃。

我跑過去，他便撫摸我的頭，拍拍我的肩膀。

父親要我叫他大舅。

這很好記。

因為他是我最早有記憶的，母親那邊的親人。

多年後，他碰到我，總愛說，真懷念你父親的蔥油餅、水餃啊！

之後，等我們開始可以常去外公外婆家時，那一堆阿姨，或叔公、伯公等等的親人，常搞得年幼的我，這個那個傻傻分不清。但，大舅卻是印象深刻的。

大舅後來念了研究所，在我國中時，拿了獎學金去英國了。

那可是家族裡的大事！彷彿中了狀元一般。

我還記得，整個家族包了遊覽車，到當時的國際機場，台北松山機場，歡送大舅。

他笑咪咪，頸項間套了一個大花環。在眾親人間，忙著握手，道別，擁抱。

他拍拍我。

我們全家族的人，拍了大合照。

外公外婆居中。

我父親母親排在中間很明顯的位置，因為他們是二姊二姊夫。

大舅出國以後，我去外婆家玩，常去他堆放書籍的一個房間，東翻翻，西撿撿，翻出了不少我讀得很感興趣的書。不外是什麼西洋現代史、中國近百年政治史、法理學、政治學之類的。漸漸的，我的人生裡某些好奇的窗口，被我挖掘大舅的書籍時，給悄悄的打開了。

又隔了幾年。

我念高中，對政治、對公共領域的問題，愈發感興趣時，大舅已經是新聞媒體上，很常見的人物了。

我考上大學那年。

他成了風雲人物。他違紀參選，打敗了國民黨提名的縣長參選人，贏得桃園歷史上，第一位無黨籍的縣長。但勝選那一夜，爆發作票疑雲，引爆了民眾抗議，包圍警分局，燒掉警車，也燒掉半個警分局。

在紅通通的火光中，我跟弟弟從人群中，擠出來。興奮裡，帶一點不安。不知道接下來會發生什麼事。

回到家裡，父親憂戚的，把大舅競選的文宣、書籍，統統扔進祭祖時燒紙錢的鐵桶裡，點火燒了。

我看他悶不作聲，我們兄弟也不敢吭聲。

燒完後，他對我說，你回台北，不要提今晚的任何事，也不要說你去了火燒警分局的現場，知道嗎？他語氣很嚴厲。我雖仍然叛逆，但也明白其中的肅殺，我點點頭。

那一夜，他應該是失眠的。他在客廳一直抽菸，一直嘆氣。

隔天我回台北，他再三告誡我，回去，什麼都不要說。

時間如流水，往事並不如煙。

那之後，台灣社會開始變化了。

我在台北街頭，聽了很多場的演講。跟著台上的人，聲嘶力竭的語氣，我也常常很激動。

大舅的身影，常在當時的媒體上出現，但多半是帶著負面形象的。

我很沉默，不會主動告訴別人，他是我大舅。

父親在眷村裡，大概也最怕那些忠黨愛國的老鄰居，正在村口聊天，見他走近，突然放小音量，假裝沒事的模樣。

大舅在我大二時，再度出國了。

不過這次，他一去，是十幾年後才得以回來。

在海外的他，一度被通緝。但也因此，而成為我們家族最被稱道，最富盛名的一位大人物。

我和大弟弟，都曾在學校被教官，在服役時被輔導長，很客氣地請問我們，你有跟大舅聯絡嗎？

沒有。沒有。沒有。

我們的標準答案。

事實上，也真是沒有。那年代，哪輪到我們這些小鬼，跟他聯絡呢？

等大舅再度返台，再度成為當時的年度風雲人物時，那已經是台灣社會風雲變幻的又一頁新篇章了。

而我，也已經不是他當年摸摸我的頭，拍拍我肩膀的兒童、青少年模樣了。

父親不知道，昔日那個理著三分頭的高中生，口沫橫飛，替他向外公據理力爭愛情無罪，跨族群聯姻是道德的大男孩，後來竟然是我們整個家族的大人物。而我，父親嘴裡一再提醒不要去碰政治的兒子，不但讀了政治系，竟然也因緣際會的，在台灣的政治圈子裡，碰了政治這麻煩的事，足足有好幾回！雖然，我始終沒有從政。

但家族聚會時，大舅與父親坐在那，兩人笑咪咪，都已經是耄耋老人了！

大舅還是會偶爾提起，那時候，我可是力挺你父親與母親的婚姻啊——

歲月悠悠。歲月悠悠。

28

大舅無緣於他的總統夢，
但跑他總統選舉的女主播卻嫁給了他外甥！

因為父親娶了母親，結親了一整個母親娘家的客家大家族。

他始料未及的。

他始料未及的，還包括了，他的小舅子，因為力挺他的婚姻，進而與他有了很好的交情。

這份交情，使得我大舅，在他年輕時，常常到我們眷村來探望他姊姊姊夫，又進而，讓他對這一大群由於戰爭、逃難，來到台灣的竹籬笆裡的大千世界，有了直接的接觸經驗。

我大舅應該也無法預料到，日後他的政治思考裡，這樣的早期經驗，他二姊夫的人生歷程，竟也是一股他無法閃躲的參考座標。

多年後，我們舅甥兩人閒聊，各自的生命地圖，竟連結出許多意外旅程的交錯點。

我有三個舅舅。二舅早逝。因為大舅從政，拖累到往企業發展的三舅，後來也曾從政選舉。

大舅的思慮縝密，群眾場合的魅力十足，一向是黨外運動時期的大將。流亡海外十多年後，他偷渡闖關回來，雖然鋃鐺入獄，但聲望達到頂峰。出獄後，當了兩任在野黨主席。衝鋒陷陣，運籌帷幄，是他的擅長。那時，我已經念完研究所，在媒體工作，稍稍博得一點點小名氣。但甥舅二人，反倒不如往昔見面機會多。

他曾經數度試探我父親、我母親，要不要讓我投入政治，接續家族政治的香火。

父親母親都搖頭。說他們不贊成，安定過日子就好。但父親也很聰明，交代了一句話：

「我管不到他的，你自己去問。」

父親內心應該也是很矛盾的。

他是軍人出身，生活在眷村。想當然耳，被認定有特定政治立場的傾向。

但父親又很特別。他很早便不相信反攻大陸那一套，很早就結婚生子，落腳台灣，連開放探親後，他也僅僅是聯絡上親人後，寄錢回去重修墓園。完全沒有再踏上故鄉的念頭。基於家族的感情，他在大舅每次的選舉上，在大舅與政治對手的競爭上，他都愛屋及烏的，大力相挺。即便，常常與他眷村裡的老鄰居們，意見扞格。與他的老袍澤，意見齟齬。

但你說他不支持自己被認定該支持的政黨嗎？未必。

大舅只是他親人，是他的新家族成員而已。他能不支持親人嗎？

我在父親與大舅的關係裡，體會了宗親在地方政治，台灣選舉中的堅韌分量。這種矛盾，我年輕時，未必完全懂，只覺得他太保守。但多年後，我自己被捲入台灣政治的幾次大選漩渦時，我才由於自己的閱歷比以前豐富，我對政治的觀察有了相對較高的視野，我於是了解了父親那一代的掙扎。

他們是移民第一代。相對困惑於，自己的原鄉意識，與重建家園於新故鄉的掙扎。而我們，是他們落地生根的第一代，家在這裡，父母在這裡，故鄉當然就在這裡了。

我父親的困惑，是那一代必然的困惑。

我這一代的堅定，是我這一代必然的扎根。

我在僑居地的朋友身上，看到同樣的故事，他們的父執輩，還有原鄉與僑居的掙扎，但他們的第二代，第三代，卻非常務實的，選擇了落地生根，把父親的新故鄉變成自己的心家園。

但大舅畢竟不是媒體喧譁年代的政治人物，在重視媒體表演的年代，他一舉一動，都變得拘謹且木訥。那完全不是戒嚴時期，街頭衝撞軍警，用麥克風在淒風苦雨中演講，冒著隨時可能坐牢的風險，衝決網羅所需要的勇氣與機智。

媒體政治，要的是表演。

我在一次十幾部攝影機對著的鏡頭裡，看他與當時當紅的一位院轄市長，面對面，溝通到底黨該不該因人成事的修改遊戲規則，提名總統參選人。

對方滿面春風，一走進主席辦公室，便一湧而上的抱住他，滿口主席好，感謝主席的。而他卻被這突如其來的擁抱，一下子反應不過來。整個場子，氣氛像那位市長的主秀，像是他的主場！鎂光燈喀嚓喀嚓的閃耀。一位訪客像主人，一位主人像配角。

我黯然的，在電視前嘆氣。
我可憐的大舅。就這樣被時代，被表演政治的年代，給甩在時代的後頭了。

我父親後來對我說，他看到那段電視新聞，他很生氣。他疼惜大舅，為何那樣被糟蹋。
大舅的總統之路，並沒有就此打住。
他離開了他當了兩任主席的政黨。
他最終還是投入了，那次的總統大選。
我母親跟她的家族成員，義無反顧的，投入一場毫無贏面的選舉。
我回到老家，看父親母親在那摺疊一些文宣品。
雖然也明白他們明白的冷酷事實。但我們都沒說破。
畢竟，大舅內心深處，一直有他一貫的信念。
身為親人，我們只能默默的，在微薄的範圍內，盡我們親人一點點微薄的力量。
往事悠悠，並不如煙。

沒想到，幾年後，那位當上總統的市長，卻身陷家族貪腐醜聞，逼得他所屬的政黨，在下一場選戰中大輸。而我們甥舅，卻因為各自支持了不同政黨的參選人，而第一次在檯面上，公開了不同的信念。

他批評我，文學底子很好，但不懂政治。

我不能批評自己的舅舅，只好回應媒體：「天大地大舅舅最大。」

那場選擇，我抬轎的候選人大勝。

我們親人有因為那場選戰而家族分裂嗎？

有的。我母親很生氣，指責他弟弟幹嘛公開挑戰自己外甥的選擇。姊姊罵弟弟，天經地義，我大舅非常尷尬。

然而，八年後，又一次大選，他支持的女總統參選人大勝。

時光悠悠，民意如流水。

我們甥舅的關係，大舅與他二姊二姊夫的感情，選舉一過，又都回復了往昔的平靜。

但是，總統選舉這檔事，誰也沒料到，竟然微妙的牽引出，我大舅非常驚訝的一段後續，他從來沒當上總統，但跑他總統選舉新聞的一位美女主播，卻悄悄的，認識了他的外甥，就是我啦！

我父親很開心。

我大舅也很開心。

整個家族都很開心。

29

父親看到我未來的妻子，流露出他渴望長子安身立命的真感情

我大舅雖然參選總統，慘烈收場。不過天性樂觀的他，不改他對政治的熱誠，並沒有退出政治場域。

可是，他料不到的是，在他並不看好的行情下，被電視台派去跑他競選新聞的一位年輕女記者，竟然在不久之後，認識了他的外甥，就是我。

大概因為跑他新聞的記者，相較其他熱門人選，能發的新聞實在不多，相對的，記者與被採訪人之間，反倒多了彼此聊天認識的機會。他對這位女記者因而印象深刻。

選舉完，塵埃落定後，我大舅的助理們告訴他，聽說你外甥跟跑我們新聞的那位漂亮女記者，在約會呢！

不是那麼風趣的大舅，聽說瞪大眼睛，半天才發出一句：「哦，我那外甥不錯的。」

他當然很意外。

之前他聽他二姊說，這外甥麻煩，交了幾個女友，最後都不了了之。誰知道，這回會怎樣。

他當然無法未卜先知，知道以後他會跟那位女記者，女主播的父親，我未來的岳父，成為好朋友。在當時，他完全在狀況外。

好了，我父親的故事，要走到他的大兒子，我的，婚姻故事了。

父親對我長期單身，不是沒有困惑的。

他自己晚婚了，沒想到，他大兒子，一晃竟晃到四十出頭，還沒有結婚的動向。還好的是，我小弟，我么妹，先後結婚了。也先後有了兒子，女兒。父親的爺爺外公夢，陸續有了回報。

我每次回去看他，看他開心的，抱著小孫兒，在那逗弄，心底感觸很複雜。欣慰他有了孫女、孫子，不會再把壓力投射給我，我還有喘息的空間。但，喘息的空間，真的那麼可貴嗎？我也不年輕了，寂寞的時候，不是也渴望能有個知心的伴嗎？

只是，誰，才是那個人？

她，什麼時候才出現呢？

父親不會跟我直接聊這些話題，但母親會。

母親聊的方式很有趣。

有時，是跟我有事沒事提起以前的女友。似乎暗示，過去都過去了，你要趕緊交新女友啊——

有時，是提起我以前的眷村朋友或同學，誰有了兒子，有了女兒，似乎在提醒，你進度落後很多啊——兒子。

有時，則撫摸著當時她養的一隻混血狗狗，嘴裡喃喃著，不要想那麼多啊——以前我跟你父親那麼苦，不是也熬出頭了嗎？不用想那麼多啊——

邊說邊撫摸狗狗，狗狗舒服得像孫子。

母親心頭有多少話，是傳遞父親的意思？我不確定，但做父母的，想看到兒女結婚、生子，大概都是差不多的父母心吧！

父親很少跟我談交女朋友這類事情。

他們那一代，雖然飽經憂患，可也是自己談戀愛結婚的，並非媒妁之言。他不會不懂戀愛這事。可能是他們的年代，戀愛與婚姻，是一整套的概念，談戀愛了，除非談不下去，否則下一步便是結婚，成家。而一旦結婚，成家，便一定養兒育女，毫不猶豫。再苦，也是像軍人奉命上戰場，只能向前，毫不猶豫。

父親與母親，就一路向前衝，衝出了四個兒女。

父親很難了解，像我這樣，一直拖，到底在拖什麼呢？

談了戀愛，幹嘛不結婚呢？

一拖，就拖出了分手。

然後，再重複一次。

父親搖搖頭。對母親說，不懂年輕人想什麼。

然而，那時候，我已經不年輕了。

父親不懂怎麼跟我談。

我也沒法告訴他為什麼。

但問題就出在，他與母親那種很認分的天下父母心，恰恰就是我從小，最擔心的自己也會走上的那條老路。

太辛苦了。我沒把握我能那樣走下去。

父親沉默寡言。

有時顯得陰鬱。

但他渴望親情。

但由於不免陰鬱，我們孩子不見得願意親近。

我們不親近他，他又更為陰鬱。

他的世代，似乎注定是「難以溝通」的世代。

當台灣的經濟、社會，慢慢轉為安定、繁榮的階段時，他們心底卻猶存著往昔，動盪、不安、猜疑的恐懼。

但，我們無法貼近的懂。於是，覺得他們保守。覺得他們始終在時間的膠囊裡，反覆反芻。

母親很不一樣。

我小時候，就感覺母親是爽朗，歡笑，如陽光一般的象徵。她在的地方，氣氛溫溫暖暖。

父親寡言。母親相對愛說話。

父親表達愛，很含蓄。母親則理所當然的愛。

母親的生活，是往前跳躍的。

我們小時候，她做零工，去工廠上班，吃苦耐勞，省吃儉用。但有閒暇，她會去上舞蹈班，去串門子，去參加社區活動。反正，就是不願意閒坐在那裡發呆。

我們孩子一一長大，離家後，父親顯得寂寥，母親卻異常活躍。

兩相對比，父親的老，在心態上，在外觀上，尤其明顯了。

但他的確非常高興。

當我帶著未來即將成為妻子的女友，回去老家吃飯。寡言的父親，一下子青春起來，笑顏堆滿一張老臉，變得十分可愛。不知情的女友，反而怪我，平常把父親描述得太古板。

女友跑過大舅選總統的新聞，跟父親聊起大舅，可以一堆聊不完的話題。

女友父親是台商，往返兩岸之間，長住上海。父親當年在上海要來台灣前夕的掙扎與猶疑，也成為父親可以跟女友彷彿告解一般的回顧。

總之，那是父親難得笑得開懷，非常努力地完成「男友之父親」的角色初體驗。

我望著父親。

那時，他七十多一些，體力還不錯。

他未來的長媳，比他兒子小了十七歲。

他的親家公，我未來的岳父，比他小了二十歲。

他未來與親家公面對面提親時，內心將激動不已。

那是他來到台灣後，又一幅新的圖像了。

他娶了客家妹。

他的長子，娶了宜蘭姑娘。

他的親家公，宛如他的么弟，活躍於上海。

這樣的流離故事，隨著時代，譜出了他孤獨一人來到台灣，茫然望向天際時，所不能想望的未來。

難怪，我結婚那天，他雖戒酒很久了，但小酌之餘，他彷彿醉了。

30

我牽著未來的妻子，在席開十桌的家宴裡，體驗愛情穿梭族群的能量

我是在父親的婚姻，我自己的婚姻上，充分理解了，愛情跨越一些世俗障礙的能量。

父親以一介大兵，什麼都沒有，扛著一袋破舊行李，追隨部隊，來到台灣。

他遇到我母親時，當然不會想到那麼遠，什麼會不會反攻大陸，解救大陸同胞什麼的。他應該憑著一種直覺，他要跟這個客家妹在一起了。

哪怕她的家族反對。

哪怕他的長官不贊成。

哪怕日子應該不好過，很辛苦。

多年後，哦，實在是很多年後，她的長媳，我妻子會寫一本書《管他差幾歲，愛了再說》，差不多就表達了類似的，被愛情沖昏頭，或被愛情激勵出無比的意志力吧！

父親在母親的堅定意志下，勇敢的結婚了。

經過八二三炮戰。回到台灣，在羅東被歐珀颱風震撼（一九六二年從宜蘭登陸，橫掃北台灣的強颱）。選擇定居長子的出生地，楊梅。申請一間簡陋眷舍，今後不再搬家了。

楊梅埔心，多適合這對患難夫妻啊！

丘陵地貌裡的台地，絕不擔心淹水。

多適合我父親年輕的妻子啊！

她是一個客家女，本來就熟悉竹林茂密，田埂交錯，陂塘光影，茶園飄香的丘陵地環境。

而且，落腳楊梅埔心，距離母親成長的客家故鄉，不到一小時的車程腳程。想家，就回去。

而父親，則是在南腔北調，五味雜陳的眷村裡，感覺到一股人在異鄉，活出故國的氛圍。

父親會發現，村子裡，他家所屬的那個鄰里，廣東人娶了屏東妻子。另一家湖北人，娶了山東姑娘。

對門的湖南人，妻子很害羞，是一位原住民。

嗓門大的四川漢子，他的台中妻子吵起架來輸人不輸陣。

母親會發現，她根本不用擔心這個陌生的小世界。

很快的，她的廚房裡，飄逸出山東大白菜熬大骨湯的香氣。

廣東人的屏東太太，陪她聊天也可以講幾句客家話。兩人一時興起，當晚兩家的餐桌上，同時出現了客家小炒。

四川人的妻子，教她怎麼用辣。

湖北那一家，把我父親教做的糯米珍珠丸子學了去。

幾個媽媽，在丈夫出門上班後，整理完家務，便各自搬張矮凳子，把當晚要煮的菜拿出來，邊洗邊清理邊東家長西家短的散聊起來。

母親會發現，這世間有一種苦，是時代給的苦。每個家，都有一段漂泊流離的故事。每個男人，都有似乎說不出，道不盡，卻一股子滿滿，滿滿的，流離江海的心中感受。而她們，這些來自四面八方的女人，一旦為人妻子了，則義無反顧地捍衛起自己的先生，力撐起一個只能胼手胝足的家。

於是，很快的，每個眷村裡的妻子，不管從哪裡來，她們的手藝都是南腔北調，桌上的菜，都是這家學一招，那家教一手的。

於是，就這樣，糙米麵粉，圖個飽餐而已的養兒育女方式，很快的，每個媽媽看著自己的孩子，一個一個竄高，長大了。

廣東人那家，生了六個小孩。頭尾大姊么妹，中間四個男孩。

另一家湖北人，兩男兩女。

對門的湖南之家，五個男孩。

嗓門大的四川人，三個女孩之後，止步了。

我母親，三個男孩之後，不肯止步，她渴望來個女孩，讓她再辛苦，也要每天清晨替她梳理長髮、紮辮子，牽著女孩去買菜。老天不負苦心人，我有了么妹。

我母親也在安定下來後，常常帶著我們，回娘家，看外公外婆，也讓外公外婆，摸摸我們的頭，塞一個小紅包在我們的口袋裡。

我母親的姊妹，我的阿姨們，有的嫁給客家男人，有的嫁給閩南漢子，但也有跟我母親一樣，嫁給外省二代。

管他女婿來自哪裡，客家話說得好不好，陪我外公打四色牌，輸贏統統要包個大紅包給我外公，給我外婆。

再過很多年，我帶著尚未結婚，但已經很穩定交往的女友，我未來的妻子，回到中壢過嶺，那個許家的古厝時，我小時候四處亂跑的四合院，已經因為分家拆掉了。

我美麗的未來之妻，微笑的讓我牽著她的手，帶著她，走到屋外，我指著那，說那時四合院繞著那，旁邊一叢一叢竹林。更遠處，一窪陂塘，裡面有幾隻白鵝，個頭高大，還會欺負個頭矮小的孩子。

妻子望著我，眼角笑著，以為我在逗她。

一點也不，我大弟會告訴她，沒錯，那隻白鵝，就盯上他，一路追，追得我弟弟一路哭叫，惹得大人們笑得稀里嘩啦。

後來呢？

我跟表哥拿著一支竹竿，趕走了那幾隻白鵝。

後來呢？有事嗎？

沒事。沒事。我們客家人，是嗜吃鵝肉的。沒事。沒事。

天地悠悠，歲月悠悠。

我回想往事，總會想到那麼多的人事更迭，那麼多的人際恩怨，最終不是都在藍天白雲，日夜交遞中，淪為淡淡的苦澀嗎？

我的阿姨們，舅舅們，每個家庭都很厲害的，生下不只兩三個的小孩。

每一年的外公外婆生日、過年團聚，人數日漸的增加。外公外婆升格了，從爺奶輩，再升格為曾爺奶輩。我的表弟表妹，也陸陸續續結婚生子生女。我的表弟媳，我的表妹夫，不只客家閩南外省，甚至，有了陸配新郎新娘！

家族的族群，地緣，網絡更像一張不斷延伸的意義之網了。

外公有一回生日，全家族幾乎到了，算算近百人，席開要十桌。

我帶著未來成為我妻子的女友，在每張桌子前，打招呼。

我美麗的未來妻子，很受歡迎。

我牽著她。

我望向父親母親，他們笑得開懷。

我未來的妻子，不僅將熟悉我的大家族，也必將帶著我，回去宜蘭，去熟悉她的，她父母親的，一整個大家族。從「開蘭第一人」吳沙攀山越嶺，進入蘭陽平原起的，另一個家族故事。

我父親一個人，飄零到台灣時，不會知道，飄萍落腳處，蓮花處處，繁花似錦，又是幾個家族，一堆人馬的嘶鳴了。

管他差幾歲，管他未來風如何，雨如何，愛了，就別怕！

我父親，心裡應該如是想，如是做吧！在他遇上我母親時。

31

愛情總是需要牽拖的，我父親這樣做，他兒子我也這樣做了

愛情需要一點牽拖的能量。

我從父親與母親的戀愛上，從我自己與妻子的戀愛上，是這麼觀察的。

父親看上母親時，一貧如洗。憑著除了年輕，除了帥之外，他有事沒事去找母親東扯西扯的，逗得十八姑娘一朵花的母親，心花怒放，不嫌棄他窮，不嫌棄他一無所有，無疑是關鍵。

我跟妻子認識，多虧了她還願意欣賞老文青。

朋友牽了線，起頭只能這樣了，她說人家知道你一堆閒言閒語，接下來，靠你自立自強了。

我？一堆閒言閒語?!

這，這，這可怎麼說呢？

冤枉啊，老天！

剛好，我出了一本新書，《人間副刊》上連載了一年多的專欄，集結成書，書名太好了，《你給我天堂也給我地獄》。

你愛我就是天堂，不愛我，我不如在地獄吧。

多會牽拖啊——是不是。

我簽了名，寄了一本到她工作的電視台。

等著。等著。等著。

美好的事物，不是都需要一點耐心嗎？

她回了我一封伊眉兒。禮貌性的謝謝。

我約她出來見面，喝英國下午茶。

陽光明媚。光影交織。

我們對坐茶館裡。不知不覺，聊過了一整個下午。

我父親當年也是這樣嗎？

找很多話題，不斷攀談。

也許我母親都想告訴他，你不用急，不用慌，日子還長，時間還多，我們還有很多話可以說的，你慢慢來，不急一次說完的。

但我母親，可能沒說出口。她怕我父親脆弱飄零的心，就誤會了。於是，我父親一直講，講他大陸見過的事，講他海上的暈眩，講他落地後在一片濕溽，熱氣蒸騰的土地上，身子飄搖，心也飄搖的感受。

也許，我母親就在那時候，伸出她十八歲的，如脂如玉的手，輕輕拍拍我父親。別怕，在這座你以為孤獨的島上，你並不孤獨的。

我望著我未來的妻子，她笑得很甜。

她比我母親小了快四十歲。

她幸福多了。

在一雙疼她愛她的父母關照下，如花似玉，掌上明珠的長大。

做自己喜歡的媒體工作。

專業，亮眼，是明日之星。

我與她對坐，望著她。

她會喜歡上一個大她十七歲的老傢伙嗎？

還沾染了一堆閒言閒語的。

於是，我也拚命地講啊——

講我在眷村的生活。

講我父親的飄離。

講我母親的勇敢。

她笑了笑。陽光灑進室內。

服務生來道歉，不好意思，要不要挪個位子，午後斜照的陽光，才不至於妨礙我們繼續說，繼續聊。

我們挪了位子，我有了另一個側面，看她。她也有另一個角度，看我。

她說她大選時，採訪我大舅。她娓娓道來，她對大舅的印象。

我問她哪裡長大。她說了宜蘭太平山，羅東大街上。

我撿到一盒愛情增溫的子彈匣。

我細細地描述，那年有個颱風，名歐珀，從太平洋席捲而來。我四歲，帶著兩歲弟弟，躲在父親的宿舍裡，看著水流蔓延上來。我們兄弟爬上桌子，爬上雙層床鋪的上層，看著父親母親一臉焦急，屋內能漂浮的家當，都浮在濁流之間，相互碰撞。有的還流了出去。

母親已經習慣了台灣的風雨，台灣的地震。

父親還在適應中。

這多像生命的隱喻，不是嗎？

母親多像大地之母。總是習慣了風雨，習慣了人間的波折。

父親多像在大地上不斷前進的勇士。總是在一波又一波的試探中，找尋自己的意義。

但，一個男人，找到一個女人，如同狩獵的獵人，最終要在一片沃土上，感受流奶與蜜的回報。

於是，我們，男人們，我父親，我自己，都一樣，終會在我們自己心儀的女人面前，害羞，卻又多話起來。

我告訴對坐的女子，我在宜蘭羅東，跟著父親正面迎向了一次終身難忘的大風災。

在雲淡風輕的平常日子裡，父親牽著我，在小鎮的市集裡，散步，吃小吃。我們一家四口，在羅東，度過了一段不算短的日子。然後，舉家回到了楊梅埔心。

母親說再也不要淹水了。

回去大兒子出生的地方，安定下來，擁有一個小破爛房子，也比漂泊來得好。

我娓娓道來，從羅東到埔心。

多會牽拖啊，不是嗎？

我怎麼會知道，未來，在這裡，在羅東，我們一家四口，在颱風夜裡，驚恐萬分的小鎮裡，會有一個小女嬰誕生。在我十七歲，已經在新竹念高中的時候。她會在太平山區，度過她的童年。她深深摯愛的阿嬤，會在多年後，看著她的乖孫女，帶回一個老男孩，坐在她對面，輕聲地喊她一聲：「阿嬤您好啊~阿嬤靚水喔！」

愛屋及烏。

又是一次愛屋及烏。

她的阿嬤笑呵呵的，做了一盤蘭陽平原上的小吃卜肉，燉了一隻雞腿湯，炒了一盤高麗菜。一直要那個老男孩，要呷飽哦，要呷飽哦。

人生多麼奇妙啊！

我因為之前的失戀，為了療癒自己，狠狠地讀了一堆情書。探索何以人，無分男女，在愛情的光照下，一如邁進天堂。卻又因為愛情的失落，瞬間跌入黑暗的深淵，一如地獄。

但一本療癒自己的書，卻因緣際會，牽起我跟未來妻子的一座橋！

我們坐在那，我啜一口咖啡，她飲一口紅茶。

一聊，一整個下午過去了。

黃昏時分，我們走出英國下午茶館。

我問還有空嗎？要不要一塊吃個飯？

她點點頭。

我們轉身，沿著敦化南路往仁愛路圓環走去。

那時，英國茶館還在。敦化南路在市民大道之間，還有陸橋。

幾年後，它們都消失了。

我們沿著路邊，下班人車開始雜沓的黃昏街頭，慢慢走著。

第一次見面，我們沒有牽手，但彼此彷彿感覺「有點什麼在發生了」。

的確，再過十幾年，我們的女兒，會在這裡吃冰淇淋，會在這附近補習，那時我們走在這片街頭，已經不知牽手走過多少回了。

愛情是需要牽拖的能量的，會牽拖，肯牽拖，愛牽拖。

32

父親在他長子的婚姻上，竟看到了他與我外公模式的重覆？！

父親是典型的，花果飄零的一代。

他為我取名「詩萍」，把一位飄零者的矛盾、困惑心態，表露無疑。

父親自己從軍後，改了名。

他那一代軍人，很多人這樣。

亂世吧，怕牽連太多。

不然，他的名字中，應該有一個「遠」字。

「忠孝傳家遠，詩書繼長安。」父親是遠字輩。我排行是詩字輩。

我名字中，用一個詩，是他一舉得男，向蔡家列祖列宗的告慰。他雖然飄零到這座陌生島嶼，但他有了一個男孩，蔡家的香火，傳承了。

但，他確實也是一個飄零者啊——他想到自己，飄飄盪盪，來到這島嶼。宛如飄萍，終須落腳。

他說我出生後，接生婆剪下臍帶，要他找一處有流水的生氣盎然的地方埋起來，這樣這兒子便會長命百歲，生氣蓬勃。

父親說，他一直走。直走到一條小溪旁，看看溪水清澈，鳥聲鳴叫，感覺很不錯，於是在那溪邊，挖了一個小坑，把臍帶埋下去。然後，坐在溪邊抽菸。

我猜，那天天氣不差。

父親的心情，很好。

他坐在那，心思飄搖。

他肯定想到自己的父母親。我從未謀面的爺爺奶奶。

他想到自己三十出頭了。算是晚婚男子。但他的袍澤，卻有多人依舊在徬徨，在猶豫，依舊在「偉人」的號召下，一心一意想反攻大陸。

他卻決心娶妻生子了。

老天庇佑，他有了兒子了。

他很可能仰天想要長嘯。

他很可能放聲想要大哭。

他很可能有太多複雜的心思，在那一瞬間，交相激盪。於是，他反倒不知所措起來。

他可能抽了不只一根菸。

他終於站起身，拍拍被草地浸濕的褲子，該回去看看他的妻子，我的母親了。

這將是他身為一個男人，又一個階段的開始。

他不再是單身漢了。

他有一個家，屬於自己的家。他有了妻子，有了一個兒子，今後還應該不只一個孩子。

他是信仰多子多孫的世代。

他要為自己的選擇負責了。

以後，他會讓他的四個子女感謝他，在最艱苦的環境下，都沒有逃避責任。

他逐漸放棄許多自己年輕的嗜好。

他逐漸把一生的夢想，寄託在孩子身上。

我在他身上，將會學到怎麼做一個無怨無悔的父親。

但我父親沒料到的是，我的子嗣，名字裡應當有一個「書」字。事實上，我小弟的兒子，我的姪子，名字裡是有「書」字。

可是，當我認識妻子時，她的名字，卻讓我們完全不必考慮這個問題了。

我美麗的妻子，名書煒。

中間的字，跟我的詩，組成「詩書」一辭。

最後一個煒字，取火字旁的煒。一掃女性多半用王字邊的瑋。而我名字的最後一字是萍，三點水偏旁。有水有火，看似天注定。

妻子的名字，聽說是她爺爺命名的。

我很喜歡。

一如她的性格，開放明亮。一點不囉唆。

我跟她，除了我童年在宜蘭羅東待過，有那麼一丁點可以說嘴的牽拖外，其它，全搭不上邊了。

我們相差十七歲。

確實如同我後來的丈母娘，知道我們要在一起時，很驚訝的反應。

他大妳十七歲，還單身，他不會結過婚吧？還是，哪裡有問題?!

丈母娘疼愛女兒，這反應，極為正常。還好，她疼女兒。女兒愛，母親也只能跟牌了。

不過，事後證明，丈母娘對我是愛屋及烏的。

關鍵在我的岳父。

那時，我未來的岳父，已經是相當成功的台商，活躍於上海。他年輕時，是文青。可以寫詩寫散文，還對美術陶藝感興趣。因為是長子，必須扛起大家庭的生計，最後選擇了經商，也走出了台灣，先去東南亞，再轉往上海。

或許是，他曾為文青的某些缺憾吧，他知道自己的小女兒，愛上了一位老文青，同樣也愛屋及烏。他大力替我辯解，年齡不是問題。

這對他而言，並不容易。

他與我岳母，是青梅竹馬，專科同校，是標準的校對。

很年輕，兩人便決定攜手同行。

對我這樣一個浪蕩人海，過了適婚年齡很久的男人，他肯把女兒交給我，我是很感激的。

我岳父只長我十歲。

稱兄道弟的年齡差距，卻意外成為翁婿！連帶的，連我的一些年齡相仿的朋友，遇到我岳父，也都難以適當的稱呼，最後多半以「林叔」相稱。叫林伯，太老。叫林兄，我尷尬。

可以想見，我父親當年，與我外公見面時，那種年齡差距不大，竟在輩分上，出現長幼的位階，的確很尷尬。

小時候，我父親跟著母親帶我們回外公外婆家。

印象裡，他總是安安靜靜的笑著。

語言不通，是話少的原因。

年齡相距太近，使得外公沒法完全把我父親當晚輩看，我父親也同時對一位只差個十來歲的岳父，矛盾於父兄之間的尷尬。

好在我外公家族龐大，人口眾多，過年過節，整屋子都是人，大的喧譁，小的嬉鬧，外公與父親，真正講得上話的時間不多。唯有打四色牌時，才密集相處數小時以上。但打牌嘛，話多不多，不重要了，讓外公贏得開心，才是晚輩如我父親，這些女婿們該做的事。

我跟岳父還好。

沒有語言障礙。

年齡差距不大，反而話題很多。

岳父開朗，見識廣，愛交朋友。連我的朋友，都跟他稱兄道弟。

人的際遇很奇特。

我跟父親某種屬於父子之間的「隔閡」，卻在與岳父如兄如父的翁婿關係裡，得到了補償。而又因為與岳父的關係好，在他對女兒的感情上，我又回填了對父親比較不能了解的體悟，因而更為拉近與父親的感情。

而我父親，是在與我岳父，這位小他二十餘歲的親家公身上，一則看到了他長子竟重覆了他與我外公的年齡差距不大的翁婿模式；另則，最重要的，岳家是我父親的幾個孩子裡，唯一因為姻親，而跨出去的本省外省的聯姻！

從此，我父親一人來台，透過婚姻，他穿越了客家、閩南，一層層族群的籬笆。

這不僅是他的故事。

不也是，台灣的故事嗎？

33

如果可能，我常常在自己的記憶中，拼出外公與父親、岳父的跨代情誼

人生有些美好的圖像，是無法像我們在數位網路的年代那樣，任意可以拼圖，剪接的。但，我們的大腦，我們的記憶，永遠可以拼圖，可以剪接美好。

我外公活到快一百歲，才過世。

我岳父卻在七十歲左右，因病走了。

我父親，先後送走他的岳父，我的岳父，儘管身體、精神都走下坡，卻仍舊在生命的旅程上奮力前進。

我腦海中，常常浮起一個畫面。

我外公坐在那。旁邊是我父親。再旁邊是我岳父。

一百歲。九十幾歲。七十歲。

他們一字排開。坐在那。笑呵呵。

三個男人。三個家族。

因為我父親，隻身來台。

因為一場愛情，串聯出三代的情誼。且是，跨族群的三代情誼。
人生，多麼奇妙啊！好像冥冥中，自有一些什麼的巧妙安排呢！

我外公，看著他的二女兒，帶著一個大她十二歲的外省仔回來。支支吾吾地說，阿爸，我想嫁給他了。

他睜大眼睛，當下不知所措，只能第一時間反應，不行！

畢竟，這將是他，是他家族，第一個外來的外省女婿。他還不知所措。但，一旦接納了，這便是他的家族，他的人生，很不一樣的開門。以後，他的外省二女婿，會帶著他的第一個孫子，回家探望他，試著教牙牙學語的他，叫阿公您好！叫阿公您好！

他會樂不可支的，抱起外孫。

他心中也許已經那樣想了，要帶這個外孫，去田裡看白鷺鷥，要讓他坐在水牛背上，隨著阿公一路走向祖先傳承的水田。讓他知道，他身上除了流著父親來自大陸湖北的血液外，還有台灣桃園客家人的硬頸基因。

他是他的第一個外孫，他不能不知道關於客家的一切。

我父親的確很幸運，他最終敲開客家妻子的家族大門，成為這家族的一分子。也為日後，他妻子的么妹，提前預告了，還會有另一個外省家庭的男孩，加入我外公的女婿行列。而他，是外省第二代，我最小阿姨的先生。

我外公將會在他生日時，像閱兵的總司令一般，很幸福的點閱他的女兒女婿兒子媳婦，有客家人有閩南人有外省人。在客家傳統菜餚，閩南菜系，外省口味的交相輻輳下，他的人生何其動人！

坐在他旁邊的，我的父親，也同樣笑呵呵。

他的客家岳父，每年收他的紅包，然後回包一個紅包給他。然後再包一個，兩個，三個，四個小紅包，給他的外孫們。

父親熟悉了客家岳母的手藝。吃起白斬雞，津津有味。

我們幾個小毛頭，從此生命中，有了客家食物的滋味，永生難忘。

很久以後，他的長子我，帶著從宜蘭出生，太平山度童年，而後長成台北姑娘的我妻子回家。

他笑咪咪的，拍拍我肩膀。

我母親打了一條黃金項鏈，一環手鐲，送給她的長媳婦。客家母親，疼愛地撫摸著閩南媳婦的手腕，不忍心上班族的她回到夫家還要動手做羹湯。

我母親跟小她十歲的我丈母娘變成聊天好對象。客家閩南的親家母，隔著電話，天南地北，人生漫漫，無所不談了。

我岳父把我父親當長輩看待。他是台商。知道父親一人來台，心思落寞，有空回台時，總會兩家抽空一塊聚餐，陪父親聊聊。父親老了，需要陪伴，需要聊天。我們孩子近廟欺神，不太容易陪他聊那些老是重複的話題，岳父卻耐心十足，每個話題都興致盎然。

我望著父親與岳父，常常心生感激。人生這麼奇妙！這一對親家，兩人年齡差了二十歲，明明都是親家公，卻由於女兒女婿的年齡差，也形成他們宛如父兄的關係。

與父親外公的關係不同處，在於父親沒法說客家話，外公國語又很有限，翁婿二人不得不靠心領神會。

但我岳父沒問題，國台語交錯。他是典型台灣人的適應力。講國語的場合，台灣國語縱橫全場。講台語的場所，是他的主場優勢。到了東南亞，英語照樣可以溝通。去了上海，周旋數年，回來跟我們聊天，竟然也會捲舌了？！

我父親雖然寡言，不過碰上可以談天的人，有時也是滔滔不絕的。

他一生平淡。可是，平淡的一生，卻有了自己的家，自己的房子，自己四個小孩，媳婦女婿孫子孫女，圍成一大桌。吃起飯來，聲勢浩大。

我岳父岳母，一雙女兒。

岳父若從上海回來，我們安排兩家聚餐。

長輩對長輩，晚輩對晚輩。也常常吃到酒足飯飽。

父親的臉上，寫滿了愉悅。岳父的笑容，堆滿了放心。

這樣的畫面，都不是他們兩個男人，一個隻身從湖北來台灣，一個從宜蘭出發去上海，當時所能預期的！

我坐在那，陪著妻子，餵食還在牙牙學語的女兒。

指著岳父岳母，教她喊外公外婆。

指著父親母親，讓她喊爺爺奶奶。

她是道道地地的台北女孩了。

兩個家族，因緣際會，第二代都往台北這座都市移居；姻緣注定，第二代相互愛戀，而有了第三代的她。

她帶著宜蘭閩南人的血液，她流著桃園湖北與客家的基因，眉宇間，容顏間，有些是她母親的花顏，有些是她父親的印記，但她會長成自己的模樣，自己的性格的。

一如，她的母親，她的父親。有所傳承，有所自己。

一如，她的外公外婆，一如她的爺爺奶奶。

也一如，她的曾外公，她的曾外祖母。

人生不會一無所有的。那些愛，那些呵護，都是永生的支撐。

我輕輕拍著女兒，抱著她走出我們聚餐的室外。

秋風徐徐。女兒咿呀咿呀的，指著路上的街車。

我們回頭望向室內，我父親跟我岳父在舉杯。

人生，多麼微妙而美好啊！

我輕輕拍著女兒。這是我們的家族。

34

外公走了。岳父走了。父親應該倍感孤單。但我對他的孫女說，記住，這是妳血液裡家族的大歷史

我岳父，七十歲那年，冬天，走了。

我父親母親，強撐著身體，想送他一程，但兩家子女都勸阻了。我父親九十一了，母親八十了，都比岳父年長。

父親母親請了我大舅，我岳父身前因為我的婚姻而結識的姻親好友，代表我們家族長輩，上山送最後一程。

那天，山上清冷。

往金山墓園的陽金公路，過了小油坑之後，山嵐起伏，一陣陣。時而霧濛濛，時而陽光初露。

妻子捧著岳父的骨灰罈，眼神憂戚。

我透過後視鏡，望著她。

她某些側面，非常像岳父。

女兒依在她身旁，很懂事的，默默坐著。

她知道，她母親失去了父親。我失去了我岳父。

岳父在上海過世。

料理完喪事。我們把骨灰帶回台灣，讓他魂歸故里。

上海是他台商生涯的高峰，也是人生奮進，最後的里程。

我在他上海的追悼會上，代表晚輩家屬，寫下兩句哀悼並追思的感念：

宜蘭男兒，草地精神。

上海台商，創業維艱。

我童年時，跟著父親，在宜蘭羅東待過。

這是我們父子共同的記憶，沒料到多年後，竟成我認識妻子的敲門磚。

我父親母親一塊去提親時，父親與岳父聊的話題，就是羅東的往事，以及上海的往昔與現在。

誰能預料未來呢？

我父親在上海倉皇上船，從此揮別大陸，在台灣渡過了他的大半生。

我岳父家族兩百多年前渡海來台，遷居蘭陽平原。他也沒料到他的東南亞台商身分，後來竟轉進到上海！

父親與岳父，你一句我一句的，道盡了人世的難測。

唯一可以確信的是，他們的兒女相遇相戀了。

我看著父親皺褶的臉龐，笑出了光芒。他真心喜歡兒子遇見的未來媳婦。於是，話也多了，酒也破戒，喝了幾杯。坨紅的臉龐，映照出少見的歡愉。

誰能預料未來呢？

我岳父當年為了家庭，放棄文青夢，做了商人。

他的么女卻毅然選擇了一個老文青。

於是，他又與他的未來女婿，聊起昔日的那個宜蘭文青，在文字陶藝美術裡的青春記憶。

幾年後，他會要他的女婿，替他跑幾趟苗栗、新竹，去探望幾位知名的柴燒陶藝家。

他人在上海，卻對台灣山裡一些陶藝名家瞭若指掌。他女婿我，也因而對品茗，對陶藝，對一千兩百度以上釉燒的自由與流變，有了接近人生領悟的新體會。

一位老陶藝家，在柴燒的紅光中，對我說：「你岳父是識貨的。他懂陶藝的自由流變，所以要你在台灣到處看看。」

我點點頭。

想起岳父在上海的廠房裡，他的辦公室中，幾隻壺，來自台灣的名家，是他向大陸友人示範台灣陶藝的驕傲。

岳父只長我十歲。完全是可以當大哥的。我第一次喊他林伯伯時，就很尷尬。但他明明是我女友的父親，我怎可能喊他大哥！?我尷尬，我的幾個死黨更尷尬，他們有的只比我岳父小幾歲而已。難怪聰明的死黨，很快便改口稱林叔。

我跟妻子決定結婚後，第一次稱岳父為爸爸，也是語氣尷尬。惹得丈母娘在一旁呵呵的笑。岳父拍拍我，笑著，沒關係，沒關係。

岳父長年在上海。一年回來幾趟，每次回，都可以見證他眼中的家族變化。

他女兒懷孕。

他的外孫女，誕生。

他的親家公，年齡體力，一年比一年差了。

他的外孫女，念幼兒園，念小學。

他的妻子，我丈母娘，意外的早期失智症。

漸漸的，他自己也病了。

我們張羅安排他返台就醫。

住院的前兩天，年輕的看護手忙腳亂，我自己替昏迷的他換了幾次大小便尿片。那一瞬間，我也驚訝於我自己的那麼理所當然。畢竟，他是我的岳父。我妻子生命裡，最初的摯愛的男人。

岳父骨灰罈安葬的那天，大舅自己開車上山。

他肅穆的在墓碑前，靜思。

他對我說，幾次去上海，岳父都熱誠的接待他。不只是朋友，尤其是親人的對待。

他對我說，你岳父是誠懇的人。

我點點頭。

我大弟弟替我們拍了幾張照片。

他代表父親母親上山致意。

骨灰安葬的地點，是妻子選的。背山面海，一條龍脈迤邐蜿蜒。這是一座基督徒的墓園，安靜，肅穆。

安葬岳父骨灰時，突然飄了一陣細細的雨。細得如霧，但滴在身上，很快便感覺濕涼。

母親在我們上山前，打電話給我。要我們向她的媳婦致意。她很想來，但父親身體怕撐不住上山下山的奔波，不能來，她很過意不去。

父親儘管健康不佳，時時陷入打盹狀態。但他很清楚我岳父走了。九十幾歲的老人家，雖說行動緩慢，思慮不像很敏捷，然而，他們的心思仍是清楚的。他們知道這世間，又少了一位親人，好友。他們變得愈來愈孤獨了！

大舅在安葬儀式結束後，過來安慰我妻子。他也年紀大了。不復昔日，我在台下，看他意氣風發，縱論天下大勢的風采了。

老，因而是一種無奈。我們的身軀與意志，漸漸在風裡，在霧裡，消散。

岳父比大舅年輕，岳父更比父親年幼，但竟然是他先走了！

我牽著妻子的手。

冰冰涼涼的手。

她失去了父親，我失去了岳父。

我們的女兒靠近身，我們牽著她，一起向岳父的墓碑，再次鞠躬。

這是一個家族的故事，串聯出另一個家族的故事。

有了岳父岳母，有了她母親，有了她父親我。

有了我，有了她的爺爺奶奶，有了她的客家曾外祖父曾外祖母。

有了她的宜蘭阿祖。

這一路上的家族故事，會讓年幼的她，感覺複雜、混淆。但，就跟她父親我一樣，會在日後的成長的路上，愈來愈清晰，愈來愈明白。

愛情是自由聯想的冒險，但家族卻是支撐這冒險的一座座島嶼。

她的血脈裡，注定了這些。

35

與父親同齡的阿嬤，如山一般幽靜，我們家族的女人們都像潤澤靈魂的土地

兩岸在上世紀九〇年代，互相開放三通後，有一天我回家探望父母親。

那天氣氛怪怪的。

弟弟向我使使眼色。我看看母親，她有點哀怨，你爸以前在家鄉定過親的女人來信了。

我愣了一下。

從沒聽父親提過。

父親表情尷尬說，也是家裡長輩提的親，他離家之後，就再沒聯絡了。

他根本不知道對方狀況，所以也從未提起。

我們幾個孩子，圍在母親身旁哄她，哎呦，老夫老妻了，怕什麼，怕人家搶走你老公啊？

怕什麼，有我們幾個孩子在。怕什麼？

老媽難得羞答答的，嘴巴上很硬，我才不怕呢！

是啊，怕什麼，父親都在這裡安身立命了。

他的妻子，他妻子的家族，全在這。我們，這些他在台灣落地生根的花果，從此讓他不再飄零。我們也全在這。

怕什麼呢！

但父親那一夜，不僅尷尬，心思亦很複雜吧！

父親一個人來台灣。

也許，他跟很多那個年代的人一樣，以為很快便回去了。可是，一年過去，兩年過去，五年過去，七八年過去了，他遇到我母親。

他知道他回不去了。

他必須做選擇。

我母親的家族反對這門婚事，他是外省兵，原因之一。但，有一天他可能帶著妻小離開這裡，或，最糟糕的，他拋妻別子，自己跑回去呢？

我母親不管這一切，就是嫁了。

我父親怎能不勇敢做決定！無論如何，他都得帶著台灣的妻小，過這一輩子了。

後來，父親怎麼處理那封信，我沒印象了。

但父親沒有回去他的故鄉。他繼續年輕時，娶我母親的行動承諾，他的家，在這裡了。因為他的家在這裡，於是，我講述他的故事，才有一連串因為他，因為他與我母親的婚姻，而牽引出的一個又一個的人物、情節登場。

我母親家族，當然是要角，是舞台。是我父親，在台灣感受溫情的第一個龐大親情網絡。接著是我們，四個小孩。我們之後的婚嫁姻緣，再牽引出，另外幾個其他的家族，與我們連結出新的婚姻與姻親故事。

我父親不會一個人成就這些故事的。

我母親，是這些故事起頭的另一個主角。

她生下我，在身體虛弱，時代飄搖，一無所有的種種艱困下，我竟然從小時候的孱弱，長成快一百八十公分的個頭，而且功課還過得去，讓父親母親時時感到當年的抉擇是值得的。而我，則是在母親身上，感受了女人的溫柔與堅毅，是一道韌性十足的海堤，任它風吹雨打，浪濤日夜，母親總是在你身旁，輕輕柔柔的，抵擋一切也包容了一切。

我始終記得，她要我趴在她膝蓋上，她坐著一張小凳子，她幫我掏耳屎。邊掏她邊講一些她小時候的事。當時，我還真小，小到很聽她的話。

我後來認識妻子，認識她的母親，認識她的阿嬤，每一個，不管教育程度如何，人生的境遇如何，她們都給我陽光一般，大海一般的明亮與包容。

母親是大地，母親是我們滿身傷痕時，可以倒在那的一片青蔥之地，我在我母親，在我妻子，在我丈母娘，在我妻子的阿嬤，甚至在我的外婆身上，我都看到了，看到了女性的堅毅之柔美。

妻子的阿嬤，與我父親同年。但長年守寡的她，已經是曾祖母輩了，我父親升上祖父輩則不過十幾年。兩人同歲，輩分卻差一截。印證了，人在時代裡的安定如山，或飄搖似海。

而大山，或大海，恰恰是妻子阿嬤，與我父親，最好的生命隱喻。

就生命力而言，阿嬤非常有活力。

她嫁給在太平山伐木的男子，我妻子的阿公。生了十個小孩。中年之後，她便守寡。在漫漫的人生長巷裡，她的子女有些年輕凋零，有些在中年初老之際辭世。而她，仍像太平山上，年輪一圈又一圈，一圈再一圈的百年大樹，屹立在那。

我每次隨妻子去探望她，總感覺像仰望一座山，在日夜裡沉澱歲月的山。望著，望著，心頭便拋卻了許多無謂的繁雜，相較於一個歷經那麼多傷痛的老人家，我們走過的喧囂，算什麼呢？

山，不是一直矗立在那，不是一直撫慰著我們仰望的心靈嗎？

阿嬤八九十歲以後，仍堅持自己照顧起居，不喜歡煩勞子孫。

我在她身上，看到我母親的原型，看到我妻子如陽光一般生命力的源頭。

我們每次去看她，她一定仔細端詳我。

嘴裡愛重覆著，你這個乖孫女婿哦，你這個乖孫女婿哦（台語）。

而我，則用我不太輪轉的台語，跟她隨意攀談。毫無罣礙。毫無罣礙。

她也會問起我父親。她知道兩人同齡。

她會問起，於我，是感觸尤深的。

她也是不那麼喜歡子嗣們嫁娶外省家庭的。但，愛屋及烏，她的孫女選了我，她也便愛屋及烏的，關心我，關心我的家庭了。

她喜歡握著我的手，再把她孫女的手拉過來，兩隻手交疊於她的手掌裡，一雙歷經數十年風霜的老邁的手，輕輕交代著你們要相親相愛啊，你們要相親相愛啊——

彷彿，她在那瞬間，回到了往昔太平山上，我妻子的童年時光。彷彿，回到了往昔，她初遇阿公時，兩張青春洋溢的臉龐上，燦爛的笑。彷彿，回到了我岳父帶著初戀的岳母，來山上見她時，她眼角滿滿的春風。

而今，阿公早走了，她的長子、長媳婦都走了。她仍像一棵巨大的樹，屹立在那，仍迎風搖曳，只是寂寞而已。

我父親的故事裡，若沒有我母親，不足以成篇章。

若沒有我外婆，不足以成就他思念自己母親的憑靠。

若沒有我岳母，沒有我妻子的阿嬤，不足以牽引出我們家族在過年過節時，滿桌喧鬧的節慶氣氛。

我父親是在海上飄零，落腳於這座島嶼的。

我妻子的阿嬤，是在這座島嶼的中央山脈最北端，深邃的森林裡，從幼苗一路挺進成為巨木的。

如海，如山，是他們兩人的不同際遇，卻是我，我的妻子，我們的女兒，在山海的交錯裡，仰望人生最溫暖的座標，指向無垠的星空。

儘管參天的古木，也有傾倒的一日。

36

很多領悟，都是在我父親老了以後，我才深深盪漾於那樣的溫情裡

我是在父親逐漸衰老的過程裡，體會出很多人生的感受的。

像動畫片《獅子王》那樣，父親也曾抱著初生的我，於他在這座島嶼上度過近十年的激動心情。

父親也曾牽著我，像每個初為人父的男人那樣，牽著我在路旁慢慢走路。名之為散步，實則為父子最早的攜手漫步。

當然，那時候，一定是他說得多，而我是仰著頭，望向他，一邊牙牙學語的重複他的某些句子。

父親也曾陪著我，考了高中，考了大學。突然之間，他發現我比他高大了，但仍有一顆桀驁不馴的靈魂。他默默的承受著。

偶爾也會生氣。偶爾也會發作出來。但多半是默默承受了。

我應該聽過他的嘆息。

有時，在靜靜的暗夜裡。

有時，在他想生氣最終卻按捺住，於是轉身之際，我聽到一息幽幽的嘆氣。

有時，是他一個人坐在那，院子裡，抽菸，然後，輕輕的一聲長嘆。

即使這樣，他仍然很努力的，在扮演一個父親的角色。

把微薄薪水拿回家。中年以後最大的嗜好僅剩抽菸。幾套衣服不停的更換，始終不願意買新的。

退伍之後，他去了工廠上班。直到我大學畢業，開始兼職念研究所，拿錢回家。

家裡大小雜務，他都自己來，能省則省。

連么妹都離開家，外出讀書工作以後，他真是寂寞了。

弟弟替他抱回一隻混血狗狗。

他帶著牠，早上出門散步運動，黃昏再出門散步運動。似乎取代了我們兄妹四人一一成長離家後的空缺。

母親愛睡覺，不愛運動。遛狗散步的父親，多半一個人出去遛達。

那陣子我回家，經過街上，若碰到一些老鄰居，多半會對我說的話，其中一句必然是：回來了，好久不見你啦！

另一句是：才看見你爸呢，剛剛在遛狗。

這兩句話，也恰巧都是彼此的答案。

孩子們都不在家，不常回來，於是，父親只好遛狗散步，當慰藉。

母親比父親看得開。

常常對父親說，孩子們長大了，各自有家庭，不可能常常回來的。

母親於是參加鄰里活動，繼續她年輕時就很會的婆婆媽媽俱樂部。

父親則繼續他的孤僻。

但我們若都回家看他呢？

他的愉悅仍然是很含蓄，很壓抑的。

我們拿錢給他。不多一會，他又把錢分成幾個小紅包，再塞回給幾個孫兒口袋裡。

我向他抱怨，無須如此吧。
他總是笑笑，老了，沒什麼花錢的地方，不過抽幾根菸而已。
我勸他，年紀大了，能少抽，便少抽吧。
他乾咳幾下，說都抽了幾十年，也沒見他的老戰友哪個是肺癌死掉的。
然後，他揮揮手，叫我走開一些，不要吸到二手菸。
我笑他，這你也知道哦！
然後，我們父子對笑著。
常常就那樣。

常常就那樣。
在黃昏的時分。
在飯後的幽幽的院子裡。
獅子王，也是會老去的。
我是在父親逐漸老去的歲月裡，再三體悟到，生命的流程，於我們自身，是一條不歸路，一條單行道。

而在世代之間，則是不斷重複的階段與畫面。

父親老了。

輪到我，抱著女兒，在窗邊眺望遠方夜景。

輪到我，牽著女兒，在社區小徑上散步，兼教她認識周邊景物，學著命名這世界。

輪到我，送她去上學，備好早餐。

輪到我，假日總要帶她出去玩玩，走走，吃吃，喝喝。

於是，她就漸漸長大了。

於是，我便漸漸年長了。

每一步，每個畫面，我都似曾熟悉。似曾相識。

我望著女兒，笑呵呵的，從幾公尺外，搖搖晃晃，撲向我。

我當年應該也是這樣，搖搖晃晃的，撲向父親懷裡吧！

我女兒長大了，青春期。我對她說話時，她白我一眼。有時根本要理不理的。

我很清楚，這是報應，我當年不就一模一樣的，白眼過我父親，愛理不理的，對我父親嗎？

我是在父親衰老的過程裡，體驗了很多以前不太懂得的道理。

父親的寡言，沉默，並非天性。

他在與他的袍澤，席間暢談時，神采是飛揚的。

我們全家年夜飯，嘻嘻哈哈時，他也會意興高昂。

有好些次，我們父子兩人相處時，他會主動對我聊起小時候，他帶著我去哪，做什麼，又發生什麼後來的事等等。說得興致很高，說出的細節，有些我完全沒有了印象。

他談興高的時候，我會安靜望著他，邊聽邊想，他的腦海裡，究竟是海納了多少時代的激盪，個人際遇的糾結呢？

他說出來的，一定不過是百分之幾而已。

我們能理解的，一定也不過是那百分之幾裡，很有限的一部分。

年輕的時候，我沒情緒去懂。

中年以後，我沒時間去懂。

如今，他愈來愈老了，我才試著認真去懂。但他的記憶地圖，已經有些模糊而混亂了。

有時，他說一些往事，母親會在一旁替我們補充、更正，我們才知道他是把好幾件往事，混搭成一個他想描述的事情。甚至，有時候，他更像喃喃自語了。說了老半天，我懂一小部分，我弟弟聽懂一小塊，我么妹則說你們都聽錯了。

我明白，某種程度上，我們這些子女，都錯失了部分的時機，去聽懂我們的父親母親的心靈世界。但我還是幸運的。

我父母親都還在。

九十幾歲的父親，八十幾歲的母親，佝僂著身軀，一塊出門看病、拿藥。一塊跟我們子女，孫兒們，用餐，聚會，過節，慶生。

我們錯失過很多去理解他們的內心深處，宛如幽谷一般的曲折心事。但還好，我們努力的，在這些年，試著去陪伴，去傾聽他們模模糊糊的記憶裡，拼湊出來的，關於我們家族的種種片段。

我想起來，父親母親堅持在我們回家又離開的時候，站在門口送我們。

我念大學時如此。

我工作以後如此。

我結婚生女後，亦復如此。

他們說的不多，但始終以行動，宣示他們的愛。

我妻子每每在那時候，搖下車窗，要我們女兒，對爺爺奶奶揮手，喊爺爺奶奶再見。

那將是一種儀式。一種維繫家族記憶的儀式。

以後，我們的女兒長大，離家，遠行，我們都將維持這個儀式。

很多領悟，都是在我父親老了以後，我才深深盪漾於那樣的溫情裡。

37

父親您放心，無論您從哪個夢境歸來，我們都會在的，您放心

也許，是年紀大了。

也許，是自己有了女兒。

也許，是女兒也青春期了。

我開車若經過小學門口，看到接送小孩的父母親，看到一個，或三三兩兩，走過斑馬線的小學生，我都情不自禁的，多看幾眼。

直到綠燈亮了。

直到有時，後面的車子叭我一聲。

女兒小學時，多半是我送她上學。

從小一，穿著過大的制服，到小三，一上車便嘰哩呱啦說不停，到小六，聽手機裡的音樂。

她完整的童年，是我完整的父親體驗。

我不捨，當然也因為她長大了。

多半時間忙功課。

多半時間，滑手機，上網路，與她的同齡朋友，在新世界裡徜徉。

我不捨，也因為，我自己是在那樣的氛圍裡，度過了極為美好的歲月。

回不去了。然而有一種愛。

我父親九十多歲了。

他內心裡，日日夜夜交疊出的光影，肯定有太多太多他想擁抱的畫面。但，他太寡言。

而我們做孩子的，太叛逆，太忙碌，太自以為是的以為我們懂他，於是，那些層層疊疊，交錯光影的畫面，很多他都埋在心底，很多我們都不知道。像隱伏於地底的礦脈，太深，太曲折，我們無從探掘。

一位好友，在他父親八十幾歲突然猝逝後，我去看他。

午後的陽光，燦燦然。

我們坐在透光的咖啡座上，閒談著關於他父親的，很多往事。

他突然幽幽的，嘆口氣，「父親走了，我們家族的很多祕密，都被帶走了。」

我望著他。

單身很久的他，眉宇間，淡淡一抹孤寂。

說完這句話，他轉頭望向窗外，久久沒有說話。

我總覺得他在輕輕的啜泣。太輕的啜泣。是不需要人打攪的啜泣。

我於是沒有任何動作的，坐在那，靜靜看著他。

陽光燦然，我們都有一位與我們年齡差距很大的老父親。

他父親是我很敬重的長輩。

我去他們家，碰到他時，打完招呼，他多半也是靜靜坐在客廳，捧一本書，配一壺烏龍。

我離開時，向他打招呼。他微笑，要我有空常來。

不知怎麼，我都覺得我們的父親，都好像。

好像承擔一整個時代的負荷。

好像總是安安靜靜的，在那，宛如一座雕像。

我大概太擔心自己也在女兒未來的記憶中，太像一座安安靜靜的雕像吧！

女兒在家的時候，我總愛有事沒事去煩她一下。
送杯熱水。
拿罐飲料。
烤片土司。
問她餓了嗎？
或者，有時就站在那多看她一眼，惹得她白眼我幹嘛？
沒事，看我美麗的女兒啊！
她再白我一眼。
我開心地踱步出去。

父親老了以後，常常坐在客廳，我們為他安置的一張可臥可坐的大沙發上。
即使天氣炎熱，開了冷氣，他仍然要在身上披一毯小被子。
坐著，坐著，他便打盹了。呼吸勻稱。偶爾打呼。時間不長，於他則大有可能，神思雲遊到很遠，很遠的所在。

我怎麼能揣測到他的神思飄搖到很遠很遠的所在呢？

有時，他乍醒過來，似乎也為自己的乍醒嚇一跳，他眼神茫然的看我一下，彷彿驚訝我怎麼在這？也彷彿驚嚇，他，他，怎麼在這兒？

要好一會兒，他才似乎明白，我們確乎同在一個空間時間裡。他於是會伸出乾枯的手，輕輕拍我的掌，意在不言中。然後，有時，又懵懵盹去。

如果我待在他身旁的時間夠長，這樣的盹去，醒來，確定，再懵然盹去，總要重複好幾次。老人在醒與盹的時空裡，穿梭，旅行。

女兒到了青春期，我不時回想到她小時候的某些很細節的畫面。細節到，多半我是忘了，可是，卻突然由於某些畫面，並無必然關聯的，跳出來，而突然聯想到的，某些很細節的往昔。

我在住家附近山上跑步。在聽著自己心跳，噗噗響在山徑上時，突然四歲多的女兒，蹲在這條小徑的一段路面間，露出一小截卡通內褲，穿著布希鞋，盯著一條被車輪碾斃的蛇屍體，嘴裡不斷哇哇的畫面，跳出來。她小時候，看到任何新鮮驚喜驚訝的事物，必然的反應，哇！哇！

那是我例行該送她去幼兒園前，想到晨跑時看到路面被碾斃的那條蛇，遂臨時起意，想帶她去看看，上一堂生物或生命課程。於是，我把車子掉頭，開向那條山徑，停在那，帶她下車看。

歲月悠悠，她完全沒有印象了。但，我，這個老爸，卻對那浮起的畫面，還能很清楚的描繪著。她，蹲在碾斃的呈現S形捲曲的蛇屍旁，眼睛瞪得老大，嘴裡一直「哇！哇！」的叫著。我站在她旁邊，望著她。

如果有一天，我也老去了。老到像我父親那樣，時時在盹與醒的邊緣反覆時，我會不會也像我父親那樣，睜開眼，看著我女兒已然長成女人般的身軀，一下子回不過神的，無法聯想到那個蹲在路面上看著蛇屍哇哇叫的小女孩，正是此刻站在我身邊的大女人了呢？

難怪，在我們家族聚餐，或我回家探望他時，有時我父親會沒來由的，在一陣靜默或打盹乍醒之後，插上一兩句我有時完全摸不著頭緒的往事，像他後悔打過我，像他帶我去參加高中考試，像那一晚颱風呼呼吹過但母親睡得爛熟等等。極為瑣碎，細微的，他若不提我們往往也便塞在記憶閣樓裡不知何處的一個箱子裡的往事了。

我是在偶爾想到女兒的一些細瑣往事時，聯想到父親打盹後的某些醒來茫然的眼神，而深深有所感於我們祖孫三代之間，連帶的一些宿命般的親情。於是，我會願意坐在打盹的父親旁邊，跟母親聊天。跟弟妹閒話往昔。看女兒跟堂哥堂姊一邊滑手機一邊講各自學校的事。

我們陪在一旁。

時光在午後，在黃昏，在夜裡，淡淡的滑過。

沒關係，我的父親，當你不管從哪個時空，哪段往昔記憶中，流蕩回來時，睜開眼，我們都在。

或許，您需要一點時間弄清楚，剛從童年故鄉裡醒來，剛從戰亂流離裡醒來，剛從部隊操演行軍裡醒來，剛從颱風夜擔心那面牆可能撐不住的噩夢裡醒來，看到我們都在一旁望著您時，到底哪一個畫面才是真實不是夢境？！

但沒關係，我的父親，我們都在。

38

愈年長愈發現，我跟父親多像啊，在愛的槓桿兩端，都有一股父子的頑強堅持

我父親老了以後，見他歡顏的機會，尤其的少。

健康不佳，他心情鬱悶。

偶爾在我們闔家相聚時，他雖開心，但體力的不支，讓這樣的歡愉，顯露出的外在，浮泛著淡淡的憂愁。

我們的父親，愈來愈老了。

但父親並非沒有留下過往歡顏的畫面。只是，以前照相沒那麼方便，要看到他真心流露的喜樂停格，確實不容易。

母親說，我小時候，父親喜歡抱著我。

抱我的時候，他絕對是很開心的吧！

他，三十一歲才當上爸爸。

離開故鄉近十年，他才有了自己的家，自己的孩子。

日子雖辛苦，心靈上不免由於年輕，由於初嘗當爸爸

的喜悅，父親應該還是對生活意志昂揚的。

從早期留下的部分照片裡，感覺得出，他疲憊，但仍堅毅的神情。

當一個父親，多不容易啊。

當一個隻身飄零來台，人生地不熟的，娶了客家妹，生了他在異鄉落地生根的最生動注腳的第一個孩子，這樣的異鄉客父親，是多麼不容易啊。

但真正讓他最苦的，或許是從異鄉客到在地人的這段轉折歷程吧！

「父親」，應該有怎樣的面貌呢？

我們都是從自己的父母那，學習到最原初的疼愛，以及愛的方式。

父親牽著我，在羅東大圳旁散步。

我差不多就像我女兒三四歲時那樣，一路唧唧喳喳的，話個不停。

父親也能一路微笑，間或，也會笑我怎麼話那麼多吧。

然後，在路邊幫我買一瓶玻璃珠汽水。抱起我，把我放在大圳旁的堤牆上，我們父子並排坐著。大圳裡，有舢板，那是我記憶裡最早的關於船的印象。

我很小，便有著父親側臉淡淡憂傷的影像。

我不知道，那竟然是我一輩子擺脫不了的父子ＤＮＡ。

我年紀愈大，竟然愈來愈像我父親了。連某些憂戚的表情，都很像吧。

父親幾乎不提爺爺。

相對的，奶奶提得較多。

父親絕對是非常疼愛我的，我是他長子。但他或許不知道，他不提他父親，不提我爺爺的某種內在心靈的駁坎，恰恰是我們父子之間，很微妙的一個幽暗的黑洞。

我不很清楚，到底發生了什麼事。但欠缺了父親對爺爺的細緻的描述，我們從小就覺得父親像從一處深淵裡走出來一般，沒有過去，亦就沒有了我們連結家族的線索。

我長大以後，聽一些眷村長大的人，聊起他們的父親，會說以前在大陸，當過縣長鎮長之類，以前在大陸家裡的地有多大，田有多少等等。我都覺得很惘然，因為我父親從來不會講這些。

我父親身旁，那些單身到老死的同袍們，也幾乎不會講這些。

於是，我也似乎明白了，父親應該就是一個極為平凡，極為普通的一個大兵而已。

我不是那麼懂事之前，我可能心底充滿忿怨，為何我就不能生在一個較為富裕，官階較高的家庭呢？

我父親雖然寡言，卻並不笨，他其實是知道他兒子憤青式的眼神裡，隱藏的幽怨。

但，他能做什麼呢？

他拙於掩飾。

他的確在死薪水之外，毫無其它可以生財之道。他除了省吃儉用，節衣縮食，擠出極為有限的零用金，還要平均分給幾個小孩外，他能做的極為有限。

我上大學以後，兼家教。盡量不跟他拿錢。

他有時硬塞進我的背袋裡。嘴裡還囁嚅的，連聲不好意思就留著當零花吧。

我悶聲的走出門。

他以為我生氣，其實我是在走出巷子口時，想放聲大哭。

我長大以後，獨立自己的經濟以後，不經意的竟發現，我長久以來，不知何時起，養成了不跟人訴苦不跟人借錢的習慣。日子再緊張，我也若無其事的，買幾罐肉醬罐頭，幾顆白饅頭，便撐它一個星期。

那樣的過程，我稍稍能理解父親母親，是怎樣熬過那漫長的，那麼多的過年過節，開學寒假再開學再暑假再開學。每個環節，都是錢錢錢。

我能回想起，父親在月底時，跟母親細細碎碎的在房間裡低語。

我能回想起，我跟大弟弟在青春期以後，故意假裝瀟灑，過年都穿著牛仔褲粗毛衣，堅持不肯去買難得的新年新衣服。

而父親，竟會為我們非常執意的堅持，而發一整晚的大脾氣！

多年後，我再回想那時父親的忿怒，裡頭應該是夾帶疼愛夾帶自怨的糾結情緒的。

他跟母親好不容易，東擠西挪的，湊足一些錢可以讓我們去買過年的新衣，我們，卻莫名奇妙的，不肯接受，好像在跟他們對抗一般。

而孩子呢，我們又是怎麼想的呢？

我們想的是，你既然沒錢，幹嘛一定要湊錢湊熱鬧呢！我們也是基於不想再讓拮据的爸媽，為過年新衣操心的好意啊！但我們觸及的痛點，卻剛好是父親母親拚老命想讓孩子過年不丟臉的堅持。

就那樣，連續好幾年，我記得，我們都為了過年要不要買新衣，父子間鬧得很緊張。

那麼些年過去了，我自己當了父親。雖然時空環境不同，雖然我的經濟能力比起當年父親的條件也大為改觀，但父親反變成不願意買新衣的老人家了。

他總說，不用，不用。

我們孩子堅持多了，他竟會生氣。

但還好，這畢竟不是非穿新衣不能過年的年代了。

我望著父親，看他把我們給他的紅包，再拿出來，分裝成好幾個紅包。

顫巍巍的，拿筆，戴老花眼鏡，在紅包袋上，寫著孫子孫女的名字。寫著兒子女兒媳婦女婿的名字。

字跡顫抖。

心意堅定。

他就是要包幾個紅包給兒孫們。

我沒有勸阻他。

看他寫完。

扶他下樓，呼叫大家統統到客廳來，爺爺奶奶要發紅包啦！

我想起他在我背包裡，塞進一卷鈔票的往事。

我背著背包。

往車站走。

有時，用手背，擦擦眼角。

我們父子多像啊！

在愛的槓桿兩邊，都有一股頑強的父子堅持。

39

關於父親生命中的某些奇幻旅程，我們永遠不會明白，我們只能愛他

我不知道，這樣說，是不是太沉重?!但，我一直有這樣的感覺，不管是從我自己，或朋友旁人的身上，我們跟父親的關係，只能從愛的成分上，去擁抱對方，卻很難在懂的層面上，去理解對方。

我們既然注定是父子，也就注定了很難很難像朋友。

父親一個人來台灣。

他在大陸的階段，無論怎麼說給我們聽，都很遙遠。每個場景、人物，都欠缺現實的連結。

聽起來，像他的奇幻人生。

然而，台灣的段落，便生動多了。

他講部隊移防的地點，幾乎都在我成長的縣市周圍。

他講自己紮營在義民廟的廣場前，我去過好幾次，有時跟著他，有時跟高中大學同學。

他講與母親初邂逅的小鎮，我有同學家在那，我去過。

他講金門八二三炮戰，我還可以摸摸他額頭眉宇的傷疤。而且，我長大後也去過。

他講宜蘭的颱風夜，我印象深深，風狂雨驟，水漫屋內。

他講自己幾個同袍的故事，我們過年過節常在家裡見到他們。

他講自己書讀太少，升遷不易，要我們認真念書，他能撐就撐。這是我青少年向上勵志的原動力。

父親在台灣的起點，也是我們孩子生命的源頭，每個細節，母親也是見證，我們當然不覺得是故事，而是我們共同的記憶。

但，父親在大陸的種種，他說得不多，我們聽得也不易深入。漸漸的，他說的更少了。

眷村的父親，說起往事，都有大致的慣性。

興高采烈時，洋洋灑灑，當年如何又如何。

心情低鬱時，想家想娘，回想常被情緒打斷。

但我們做孩子的，經常聽，聽久了，細心一點，會注意到，父親們總有些隱晦不明的片段，他們不肯再多說，甚至不肯再多想吧！

有位朋友，她父親曾經在越戰期間，被派去東南亞出任務。一去，去了數年，剛好是她們孩子在小學高年級到高中階段。於是三個小孩，等於在最需要父親的青春期，成了「沒有父親在家」的孩子。

等她們都陸續到外地讀大學時，父親回來，彷彿像外人似的，住進他自己都有點陌生的家。

父親當然還是父親，但與孩子們的親子關係，卻變得客氣而拘謹。

年節時分，她父親也不免說些往事，然而，卻避諱再三，自己在東南亞的那幾年。

我見過她父親。

聊起我的父親，他會幽幽的說，還是你父親好。還是你父親好。

好什麼呢？

他說你父親是對的。陪著你們一塊長大，很好，很好。

年輕的我，對現代史，對情報頭子戴笠，對越戰，很有興趣。

打開話匣子，兩人聊得很開心。他女兒在一旁，露出貼心的笑容。

不過有限的幾次見面、聊天，只要一觸及在東南亞的經歷，他便閃躲起來。
也許是情報工作的自我約束吧。我對他女兒說。
也許是，但也許不是。

日本作家村上春樹，極少提及他的父親。
終於，他在父親過世後，寫了一本小書《棄貓　關於父親我想說的事》。
書裡，與父親漫長的相處，最深刻的往事，竟然是父子一塊去丟棄一隻貓。然而，貓如謎一樣的，竟然自己回來了，讓他們父子驚訝不已。然而，更令村上春樹驚訝的是，他在父親臉上看到一種微妙的如釋重負的解脫感。
而他與他父親，始終是不對盤的一對父子。
父親曾在對中戰爭，亦即，我們熟悉的抗戰裡，去過中國大陸服役。
他父親終其一生，不提到底在大陸經歷了怎樣的戰爭殘酷。他只對村上春樹偶爾提及，部隊為了訓練新兵上戰場不怯場，會用戰俘來試刀。
村上春樹說，他父親說那個戰俘知道自己難逃一死，始終是閉目靜靜坐著，直到被砍頭。

這是僅有的，他父親談過的，關於在戰場上的一段記憶。

村上的父親，算幸運。部隊後來調往菲律賓，他父親卻幸運留在日本。那支萬餘人部隊，最後僅存幾百人戰後回到日本。

村上的父親，一生都沉默寡言，每天清晨，做日課，拜菩薩。

村上與他的父親，有著父子難以割捨的連帶感情，卻始終像被一個黑洞阻隔著，各自被拖向深深的淵藪。

不知怎麼，我回想父親的沉默時，見他在祖先牌位前，默默沉思時，心頭雖然知道，他一定是陷落進他走過的地圖裡，某一些渡口，某一些驛站，擦肩了某一些人。但他不說，或說的總是那些重複過的片段。我們也就無從得知，在那些人，或事的，宛如黑洞一般的強烈吸著力之下，我們的父親，生命中，該有的某些陽光普照的段落，是不是就那樣，就那樣，被陰鬱給掩蓋了。而時值青春的我們，陽光燦燦，我們正在路上，怎可能屢屢被父親的憂愁，欲言又止的憂傷，給耽擱給阻礙呢？

我們於是殘忍的往前。冷酷的往前。直到，突然發現自己也有些人生的角落，照不到陽光時，才恍然大悟，我們的父親，原來是那樣的，承受了他們的時代，壓在他們身上，無可推卸的重擔，宛如黑洞，拉住他們。

村上春樹後來成為小說家，他是日本小說家裡正面迎戰右翼史觀的標竿。他沒有說出的理由，在他父親過世後，他以一本薄薄的小說，《棄貓》說出來了。我們都是父親的孩子，我們總是不知不覺的，承續了生命裡無可逃脫的，孩子的承擔。

我父親呢？

我那位朋友的父親呢？他走了。他的女兒兒子們，陸續成家立業了。但他們每年攜家帶眷的，去掃墓去致敬，他們一定會對他們的孩子說，你們的爺爺外公很了不起啊！他曾經是一位情報員。在東南亞，那個波詭雲譎的，戰火頻仍的年代裡。

雖然，他們也不一定真正知道多少，他們父親經歷過的陰暗。

我父親呢？

他老了。記憶總在時醒時懵的交錯間，移動著。

我還是不很明白，很多父親的事。

但，我們做孩子的，誰又知道多少，關於父親的，他們不說的往事呢？

可是，我們身上注定流淌著他的血液。我們一定在不知不覺中，流露出一些完全是他的模樣，他的神情，他的意志力的片段。

我們也會對我們的孩子說，那時候啊，你的爺爺，你的外公啊，他……

40

望著門牌廢墟，父親久久才問：為什麼沒有二三八號呢？

我們離開眷村好久了。

我是指，當老家所在的眷村，還沒拆掉前，我們家就搬離開很久了。

沒辦法。

眷村住了幾十年。當初搭建時，便是急就章，反攻大陸不完全是口號，也是那一代從大陸逃難來的人，衷心以為的未來。但沒想到，這未來卻從來未來！

而當初夫妻兩人，或加一小孩的三人行，卻隨著日子漸趨安定，而一個，兩個，三個的，把一棟棟眷舍，擁擠出一季又一季的春天。

房子小了。房子舊了。房子漏水了。房子不夠住了。

早期有能力去村子外買房子的，實在不多。稍稍存下一點錢，或透過村子裡，鄰居們呼朋引伴，起個會，搭個會，湊錢把房子整修一遍。則是常態。

我們家，原本是二三七號。撐不住了，全家從三口之家，二十餘年間，膨脹為六口之家。幾經地震，豪雨，強風，牆面龜裂，屋頂漏水，油漆斑駁，瓦簷殘缺，父親都是靠自己，這裡漆一漆，那邊水泥補一下，周日爬上屋頂補兩片瓦，下雨天，仔細觀察漏水處，颱風天，望著屋頂在強風中顫巍巍。

他心裡早就盤算著，該大大整修一次房子了。錢，從哪裡來?!

當然是省吃儉用。

母親是客家妹。吃苦耐勞，用度儉省。嫁給父親時，她便理解，日子是要在苦裡尋樂子的。

母親比父親好的是，她很會在苦日子裡找樂子。平日忙完了家事，便跟巷子裡的太太們，在巷子裡，洗菜淘米，東家長西家短，南腔北調，聊起來。下雨天，不出去，她便在家裡做手工，聽收音機，跟著廣播不成調的哼歌。

我還沒上小學，幼稚園有一搭沒一搭的上著，經常在家裡陪她。有時，她邊哼，邊幫我掏耳朵。我在一旁，也不記得玩什麼了，卻玩得很開心。反正不去幼稚園就是開心的事。

母親跟著鄰居搭會。搭了很多年，我們家終於籌到第一筆修繕房子的錢。後來，趁老鄰居搬家，再頂下隔壁房子，把老家從二三七號，擴充為二三八號，便是這麼長年搭會，搭出來的血汗錢。

說血汗錢，或許誇張了。但，母親沒有花錢的娛樂。

父親除了抽菸，再沒其他花錢的嗜好。

家裡日常三餐，自己煮，在家吃。

我念的第一個小學，有營養午餐。第二個小學，要自帶便當。便當就是昨晚的晚餐預留的菜餚，我們家很公平，我們的便當就是父親的便當。偶爾，每人便當裡一顆荷包蛋。

等到我們換門牌，有比較大的空間時，父親便常常這裡換個木板，那裡裝個小櫃子的，每天都有了他的關注點。

他開始有了下一個的未來的夢。

讓每個小孩都有自己的房間。

可是，他不知道的是，孩子們卻很想往外跑，跑出小小的竹籬笆外，跑出巷弄交錯的，鴿子籠式的村子，去更大更遠的地方。

我出外念書後，假日才回村子，住在外地是常態。

熬到眷村拆建，離開老眷村勢成必然後，父親也老了。

我們終於在村子外，老家所在的故鄉，買了自己的房子。

父親又是這裡有想法，那裡有意見的，忙碌了好久。

眷村房子空在那，好幾年。

鄰居們大都搬走了。

我偶爾回家，會繞過去，看看。

畢竟自己人生的前三十年，都在這個名為「我的家」的村子裡度過。小學的頑皮。國中的青澀。高中的叛逆。大學的昂揚。這村子裡的人，都從不同側面看到了我，蔡家大兒子的不同身影。

我以前打過架的男孩們。

我以前愛慕的鄰居姊姊。

我以前懵懂初戀的女孩。

我以前穿越巷子經過每家廚房聞著晚餐菜餚味的夜晚。

我坐在廚房吃過飯後油膩的飯桌上讀書度過的高中聯考大學聯考。

統統過去了。像被歲月列車轟隆隆駛過的每一座小城，每一道村落，轟隆隆的，甩在過往的身影後。或許，我還是容易感傷的人，因而，為了怕自己感傷，遂刻意的冷淡冷漠起來。

搬出眷村後，除了幾次偶爾的回去看看，但看過之後，心頭卻徒然泛著一切都回不去的虛空感。何必呢？我常對自己這麼說。於是，也就不太回去了。

於是，也就有那麼一天，突然眷村以前的友人，傳簡訊來：眷村拆了。

我才突然一震。

我的過往，真的消失了。

連最後憑弔的地標，也無影無蹤了。

父親呢？

他胼手胝足的第一個家，屬於自己的在這座島嶼上的第一個家，消失了。

聽弟妹說，眷村拆掉之前，父親早上出去散步運動，還是會繞過去看看。但他並沒有多說什麼。

村子拆掉的過程裡，他時不時，便過去看看。但他仍然沒有多說什麼。

村子拆掉後，有朋友傳了一張照片給我。

夕陽西下，餘輝映照。

一堆交錯的眷村門牌，穿插於一叢又一叢的磚瓦水泥廢土中。看得令人心頭發緊。

每張門牌，都曾經是一個家。一個家，不僅僅是一棟房子而已。還是，房子裡的人，房子裡的感情，房子裡的溫度，房子裡的生老病死，房子裡一代接續一代的歡欣與嘆息。

眷村是父親在台灣的家。

眷村是母親嫁給父親後，兩人胼手胝足，共建的家庭。

眷村是我跟弟妹們，出生後，在那戲耍，吵架打架，日夜交遞，走過我們一家人之所以為一家人的「我們的家」。

它已經拆掉了。但，還好，眷村之後，「我們的家」還在。
我曾經把那張照片，我稱之為「門牌廢墟」的照片，拿給父親看。
他戴上老花眼鏡，瞅著看了許久。
久久才說，怎麼沒有我們家的門牌啊？那二三八號的。

41

我們都是老邁的父親，他的開箱文裡，最珍貴的寶貝！

我們能為父親做的，並不多。

這似乎也是人生，親子之間，永恆的哀傷。

父母曾經完全擁有孩子。但孩子會一心一意的，擺脫父母親的形塑，以追求自己的形貌為榮。然後，有朝一日，孩子們又會回頭，想重新擁抱父母。

但，這就要看個人的運氣了。

也許，父母還在。

也許，只能夢中徘徊了。

我們能為父親做的，真的不多。

如果我們錯失了昔日，在他漸漸衰老，而我們正忙著青春期，正忙著讀書考試，正忙著上大學搞社團，正忙著衝事業，正忙著準備迎接自己的家的話，那我們真的能為父親做的，並不多。

我幸運的是，我碰過很好的老師，如師如父，讓我補償了父親那，沒法給我的知性上的啟蒙。

我很幸福的是，我遇上我的岳父，如長如兄，在與他吃飯聊天喝茶喝酒的相聚中，勾起了我，曾經渴望的，與父親的親密。

而我，最應感激的是，我在回頭思索與父親的過往時，父親仍在。他仍然佝僂、頑強的站在那，撐著雨傘當手杖，笑咪咪的迎著我。而那不是夢。

不像我的一些朋友，說起這些畫面，便淚涔涔。因為，只能在夢中，在回憶中了。

我的父親，仍在。

雖然他常常打盹。但遠方神遊歸來，張開眼，看到我們，他應該還是很放心的。這是他的家。他的身心，放心的所在。

母親說，父親愈來愈衰老了。不時脾氣暴躁，常常會疑這疑那的。甚至，有時還不想洗澡。

我聽著，聽著，抿住嘴角。

我忍著，安慰母親，不要生氣，不要難過，父親真的老了，老到是在他也無法控制的狀況下，孤獨的面對自己。

老，是什麼呢？

一條小徑，愈走愈荒蕪。路的看似盡頭處，一扇門扉，大門半掩，四周逐漸悄然。門的內裡處，幽幽，暗暗，深深，遠遠的。老過的人，或許可以告訴你，門後有些什麼光景。但唯有你，自己推開那扇門，伸足跨進去，才會知道，自己的老年，將會是什麼樣的風景。

我見過我父親的老。

我見過我外公的更老。

我見過我師長們各種型態的老。

我還在準備自己即將不遠處的老。

但老，是什麼呢？

我只知道，父親的老，讓我尤其感觸，我們能為父親做的，實在不多。

在我父親的同袍，一個接一個的走了以後。

在我外公外婆相繼走了以後。
在我岳父岳母接著走了以後。
我望著父親老邁的身影，愈發感覺我必須珍惜的強烈的內心呼喚。
原來，人老到某種程度以後，真像風中的殘燭啊。你不知道，殘餘的燭光，在風中還能搖曳多久？
但，你會慢慢靠近身，用自己的軀體，擋住風來的方向。
你會小心，用雙掌兜攏，輕輕圍著燭光搖曳的火焰，不讓它輕易被風吹散。
你會靜靜的，注視燭火，發現燭光中，隨青煙裊裊，往上消散的，有一股淡淡的溫馨。
你突然明白，一燈如柱，照著滿室幽暗的意義。
你父親，從來就是一座燈。

我在一張老照片上，看到父親，在昔日的院子裡，非常家居的打扮，一件汗衫，一條短褲，應該在灑水，但么妹在一旁，或許是調皮吧，在跟父親撒嬌、嬉鬧之類的，父親則笑得像玩耍中的孩子，一手提水桶，一手揚起水勺，把水往么妹的方向潑灑，妹妹一臉歡喜的驚叫！

我完全不記得這場景了。

我么妹也說不記得了。

但那畫面千真萬確的，停格在那。

那是我們眷村老家的院子。

尚未修繕前，保留的院子。

紅色的大門，顯得破舊。

旁邊堆放的木條，應該是補強大門要用的材料。牆面斑駁，剝露出裡面的水泥。

我父親那時年紀還算輕。體力還可以跟他疼愛的么女，互相玩潑水的遊戲。心情還可以忘掉現實的壓力，記憶的包袱。

如果不是這張照片，我幾乎就忘了，父親原來也有過，在日常生活裡，尋索一點點小日子小確幸的曾經呢！

望著這張照片，我也能穿透過往，逐漸能理解，原來父親答應母親的要求，再多一個女兒，除了是滿足母親看著有女兒的鄰居，不時羨慕可以為女兒梳長髮紮辮子的期盼外，也是安慰了自己雖有三個兒子，卻時時在男性的陽剛碰撞裡，某種孤獨感的撫慰吧！

至今，我么妹，都是年邁的父親，最貼心的攙扶。

我們能為父親做的，真的不多。

除非你及時的，察覺到，這是與時間的推擠。

你要在老之大門，還沒完全關上前，先擠身進去。與父親一起，看看能在那條幽靜而寂寞的路上，再陪他多久?!

我們不能為自己的父親，做到很多他可能預期的陪伴。這往往也是愛的必然。

我們的父親，愛我們，於是希望我們比他更好。我們於是能走得更遠，往外闖得更久。

每個父親，都會在老年時，喃喃自語著，我那孩子啊、真不錯。真不錯。但真不錯的孩子們，難道不是用遠離父親，遠離家園，以更遠更長的距離，換來的代價嗎？

我聽過太多的故事，父親走時，孩子趕不回來。

父親失去意識時，孩子才放聲大哭，自己有多愛老人家！

我們能為父親做的不多。但父親卻已經用一生一世，為我們做了很多，很多了。

我喜歡回去看父親時，見他靜靜坐在那。

見他在我們全家族的聚會時，雖然體力不支，精神不濟，但仍喜樂的坐在那，像點閱自己一生的珍藏一般，臉上有一抹淡淡的得意。

我們應該都是他這一生，走到老年深處，最得意的開箱文裡，一一陳列的寶貝吧！

他的客家妻子。

他的四個兒女。

他的媳婦女婿。

他的三個孫兒輩。

他的岳父岳母。

他的親家公親家母。

他的人生第一棟房子。

他的老年以後在長住的老家附近悠遊的散步地圖。

42

為何「我們的」父親，都那麼像？
每個時代都有每個時代的「父親群像」！

我寫我父親，本來也僅是寫我自己的經驗。但很多朋友卻從中，看到他們的父親形象。因而，很多人告訴我，他們忍不住內心的激動。

因為，我似乎也在寫他們的父親。

但我不是。

我只是寫我的父親。

一個非常平凡的父親，平凡到，他明明很愛我，卻從來不知道怎麼表達最恰當。

他僅僅是一個大兵，教育程度很普通。也不是一個像勵志故事裡的父親形象，不斷的自修，或上進，創作出什麼驚人事業。

不是，他只是平凡的男人，平凡的先生，平凡的父親，平凡的軍人而已。他平凡到，走在路上，除了年輕時，有點帥之外，你也不會太注意到他。

但這樣一個平凡的父親，為何書寫他，竟會勾起許多人，意外的，記憶的漣漪，或感情的波瀾呢？

我寫他，是因為，我突然覺得他老了。老到讓我慶幸他還在，老到讓我發現他的老，是漸進的，是緩慢的，是此時此刻仍在的「進行式」。

我在感激之餘，決心要寫下他。寫下他平凡的人生，卻是在一個驚濤駭浪的大時代裡，被浪濤，被戰火，給催逼出來的人生際遇。

因為要寫他，我遂留意到，許多人的父親，竟然有著相似的形影與面貌。

他們慌張，無助的，來到這陌生島嶼。驚慌未定，卻被迫要在這島嶼，在年復一年的政治宣示下，下決心，是要賭它一把，等偉大的民族救星帶他們回大陸？還是，不賭了，乾脆在這島嶼上，娶妻生子，把這裡當成人生新故鄉呢？

我父親，與他的同袍們，各別採取了不同的模式。我父親遇見我母親毅然決然的決定結婚。他冒的風險是，從此人生回歸家庭，再無軍中升遷發展的企圖。我母親冒的風險是，

娘家反對，這男人可靠嗎？

我父親的袍澤，有的猶豫多年後，追隨我父親，落腳台灣，娶妻生子了。但，他們晚太多，於是，他們的孩子，後來碰到我，都要叫我大哥。

我父親的袍澤，最淒涼的，莫過於，他們始終以為，有朝一日，「偉人」必帶他們回去，於是，偉人凋零，他們也跟著凋零了。

我父親的平凡，反而為他帶來他未曾預料的，平凡中的開花結果，結枝散葉的意外之花。我在我父親身上，醒悟到，人生有時不必想那麼多！

但我們的父親，為何有「那麼相似」的形貌呢？

我斟酌了很久。

想到陳芳明教授，參與台灣民主運動的台灣文學史專家，他曾經說過，關於他父親的故事，一個從日治到光復後，「台灣人父親」的沉默故事。

年少的陳芳明，看到他的父親，總是憂憂鬱鬱。

一個人關在書房裡，聽著日本老歌〈相逢有樂町〉。

年少的陳芳明不懂，總不理解。等他長大，等他對台灣現代史有更深刻的認識後，他懂了。

於是，當他自己在日本東京街頭，聽到〈相逢有樂町〉這首老歌時，他突然之間泫然欲淚，他突然懂了，留日的父親，在大時代政權轉換的擠壓裡，從一個知識分子突然因為語言，政治的劇變，而變成「失聲的一代」的痛苦。除了嘆氣，除了沉默，除了聽聽他父親留日時，成為青春記憶的〈相逢有樂町〉這首歌之外，他父親只能幽幽靜靜的活著。在一個他不熟悉的政治環境裡。

也曾經有那麼一群，在地的台灣朋友，他們望著他們的父親，沉默，安靜，孤獨的，走過他們的後半生。

我年歲愈大，愈能理解，在台灣這島嶼上，原來有一兩個世代的父親們，是多麼的無奈而辛苦。

外省的，渡海來台的，我們的父親倉皇的、無奈的來到這島嶼。舉目無親，孑然一身。他們有著僥倖在戰火浮生錄之下，幸運活著的竊喜。於是，他們努力的，安身立命的，在這島嶼上求生。他們有些改了名姓，有些不再提往事，有些要求子嗣們不碰政治。

而我父親，年輕的他，來到這島嶼時，他一定曾經面對過，另一群，默默望著他的，說著不同語言的台灣年輕人。

他們或許，都視對方為「陌生人」，在對方的眼裡，看到冷漠，看到疑惑，但也可能看到人類最本質的善良。

這些人出生時官方語言是日文，母語是台語或客語。但隨著政治的劇變，一夕之間，他們熟悉的語言，熟悉的環境，全變了！

他們望著我父親，扛著槍，扛著一身的慌亂與驚恐，下了船，在路上行軍。

他們畏懼我父親的陌生，我父親也同樣畏懼他們的陌生。

時代有一雙巨大的眼，盯著他們。

時代也有一雙巨大的手，迫使他們彼此陌生而畏懼。

但我的父親，還是在這島嶼上，安身立命了。

以後，他會遇到很多原來他陌生的人，不少成為他朋友。成為他兒子朋友的親人，或師長。甚至，連我父親，都融入了客家人、閩南人的生活世界，跟他們買菜、交談，讓他們剪髮，一起在山丘上散步運動。

我父親會漸漸的發現，自己已經回不去了。自己已經是這座島嶼上，落地生根的第一代了。

母親曾經跟父親商量。未來走了以後，要一起把骨灰放在離家不遠的墓園裡。這樣，孩子們去掃墓方便，他們夫妻也不至於離熟悉的老家太遠。

我父親已經九十多歲了。

他隻身來台灣。晚上在義民廟前站衛兵，望著滿天星空，孤單的他，怎能想到未來逢年過節時，一張大圓桌，坐滿了十二個人，齊聲祝福他，健康快樂，年年如意！然後兒女們一一給他紅包，他再笑咪咪的，給孫兒輩一個一個發紅包！

我的父親，是那個時代，一群從大陸渡海來台的父親群像裡的一個縮影。

他們，有他們的集體意象。

而相對的，我的其他閩南，客家，原住民的朋友們，他們的父親，則是另外一個，大時代裡父親群像的故事。

妳的，我的，你的，她的，他的，每一個人的父親們，都在那個大時代裡，勇敢的承擔了父親的角色，於是，才有了「我們」。

我們長大成人，也陸續當了父親、母親。我們理所當然，不是我們父親那一代的成長經驗、價值意識了。

我們有我們做父親的期待。但我們會理解，我們的父親，他們了不起的平凡，了不起的承擔。

我寫下的「我父親」，不及他人生的百分之幾。但，那不重要。

重要的是，我要他知道，我愛他。

我要我們這一代人記得，我們的父親是如何走過他們的年代，那般平凡而勇敢。

金門 210
金門 190
三德 48
金門 250
金門 249
金門 194
三德 7
金門 40
金門 253
三德 26
金門 246
金門 252
金門 248
三德 7
金門 251
金門 247

看世界的方法 194

我父親。那麼老派，這麼多愛

作者——蔡詩萍
書名頁題簽—蔡中泠（Chung-Ling Tsai）
封面設計——陳采瑩
內頁插畫——陳采瑩
責任編輯——魏于婷

社長——許悔之
總編輯——林煜幃
主編——施彥如
美術編輯——吳佳璘
企劃編輯——魏于婷
行政助理——陳芃妤

董事長——林明燕
副董事長——林良珀
藝術總監——黃寶萍
執行顧問——謝恩仁

策略顧問——黃惠美．郭旭原
郭思敏．郭孟君
顧問——施昇輝．林子敬
謝恩仁．林志隆
法律顧問——國際通商法律事務所
邵瓊慧律師

出版——有鹿文化事業有限公司｜台北市大安區信義路三段106號10樓之4
T. 02-2700-8388｜F. 02-2700-8178｜www.uniqueroute.com
M. service@uniqueroute.com

製版印刷——沐春行銷創意有限公司

總經銷——紅螞蟻圖書有限公司｜台北市內湖區舊宗路二段121巷19號
T. 02-2795-3656｜F. 02-2795-4100｜www.e-redant.com

ISBN——978-986-06075-7-4
初版——2021年8月
初版第五次印行——2021年11月15日

定價——400元

本書由桃園市立圖書館補助出版

我父親。那麼老派，這麼多愛／蔡詩萍著—初版．—臺北市：有鹿文化，2021.8．面；14.8×21公分—
（看世界的方法；194）ISBN 978-986-06075-7-4（平裝）　863.55 ………… 110008342